戦旗不倒

アルスラーン戦記⑮

戦《せん》旗《き》不《ふ》倒《とう》

田中芳樹

TANAKA YOSHIKI

KAPPA NOVELS

15

戦旗不倒

アルスラーン戦記

目次・扉デザイン　泉沢光雄
口絵・本文イラスト　丹野忍

戦旗不倒

アルスラーン戦記 15

主要登場人物一覧

アルスラーン……………パルス王国の若き国王《シャーオ》
ダリューン………………パルスの十六翼将。戦士のなかの戦士《マルダーンフ・マルダーン》
ナルサス…………………パルスの十六翼将。宮廷画家にして軍師
ギーヴ……………………パルスの十六翼将。あるときは巡検使《アムル》、あるときは旅の楽士
ファランギース…………パルスの十六翼将。女神官《カーヒーナ》にして巡検使《アムル》
エラム……………………パルスの十六翼将。侍衛長《ケシュタク》。アルスラーンの近臣
メルレイン………………パルスの十六翼将。ゾット族。アルフリードの兄。
アルフリード……………パルスの十六翼将。メルレインの妹。いちおうゾット族の族長
イスファーン……………パルスの十六翼将。「狼に育てられし者《ファルハーディン》」と称される
クバード…………………パルスの十六翼将。隻眼《せきがん》の偉丈夫《いじょうふ》
キシュワード……………パルスの十六翼将。「双頭将軍《ターヒール》」
ジャスワント……………パルスの十六翼将。シンドゥラ国出身
ドン・リカルド…………パルスの十六翼将。元ルシタニアの騎士。白鬼《パラフーダ》と呼ばれている
ジムサ……………………パルスの十六翼将。トゥラーン国出身
グラーゼ…………………パルスの十六翼将。海上商人

ザラーヴァント……パルスの十六翼将。元エクバターナ城司
トゥース……パルスの十六翼将。三人の妻をもつ
ルーシャン……パルスの宰　相《フラマータール》
ラジェンドラ二世……シンドゥラ王国の国王《ラージャ》。自称「苦労王」
イルテリシュ……トゥラーンの王族。現在は「魔将軍《ガウマータン》」と称される
ヒルメス……パルス旧王家最後の生き残り。ミスル国で客将軍《アミーン》クシャーフルを名乗る
レイラ……銀の腕環を所持。魔酒により蛇王の眷属に
パリザード……銀の腕環を所持。パルス出身の美女
フィトナ……銀の腕環を所持。孔雀姫《ターヴース》。ナバタイ王国からミスル国王に献上された娘
テュニプ……クシャーフルを追放し、ミスル国の覇権を握った男。
ヌンガノ……ミスル国の宦官
ラヴァン……パルス人の商人
ギスカール……マルヤムの国王。かつてのルシタニア王弟
ザッハーク……蛇王
グルガーン……蛇王ザッハーク復活をもくろむ魔道士

戦旗不倒

第一章

魔風、四方より

I

ミスル人がもっとも好む月は、九月だといわれている。他国人にいわせれば、

「まだあんなに暑くて埃っぽい月を何で？」

ということになるのだが、ミスル人たちは熱風のなかに秋の気配を感じとり、快適な冬へ向かって一日ごとに近づく日々を楽しんでいる。風向きも、内陸の砂漠からの南風に変わって、北の海からの涼風が吹きはじめるのだ。しかも、適度の雨をつれて。

「嵐の季節は終わった、とでも思うのか。他愛《たあい》もない……だが、まあ、パルス軍の刃《やいば》にかかって血の海をつくってくれれば、充分というものだが」

おそろしいつぶやきを放った男は、恐怖や邪悪とは無縁の容貌に見えた。眉より眼のほうが細く、小《こ》肥《ぶと》りの身体《からだ》。ゆっくりした足どりでミスル国都アクミームの街路を進んでいく。その皮膚の下に何物かがひそんでいることは、かつてこの国で「クシャーフル」と名乗っていたヒルメスでさえ見ぬけなかった。綿の下には、鉛の異形体がひそんでいることを。

外見は茫洋《ぼうよう》とした表情をくずさぬまま、ラヴァンは一軒の酒場にすべりこむ。ミスルに滞在するパルス商人たちのたまり場である。

「よう、皆の衆」

酒くさい息が、返事の声になってもどってきた。

「何だ、ラヴァンじゃないか。いままで、どこで、駱駝《らくだ》の脂《あぶら》を売ってたんだ？」

「西の方へ、ちょっとね。それにしても、都は何やら混乱しているようだが、何かあったのかね？　ついこの前、国王さまが交替なさったばかりじゃないか」

「のんきなおっさんだぜ。いや、都にいなくて、かえってよかったかもしれんな」

「ああ、どうなることやら、客将軍《アミーン》クシャーフルに取りいってたことだしなあ」

ラヴァンは、文字どおり両手を揉《も》んだ。

「思わせぶりだな。おれは情報に飢えているんだ。何があったのか教えてくれよ」

昼間から酒精《アルコール》の虜《とりこ》になっている男たちが笑った。

「そりゃ、いくらでも教えてやるがね。あんたがどのていど知りたがってるか……」

「皆の衆に、麦酒《フカー》と蜂蜜酒と羊の串焼きを奢《おご》ろうじゃないか。できるだけくわしく、話を聴かせてくれんかね」

歓声があがり、ラヴァンは最上の席をすすめられた。とはいえ、「パルス人の客将軍クシャーフル」が権力の座を追われた直後のこととて、パルス人全体が肩身のせまい思いをしている。歓声もどことなく元気がなかった。

国都アクミームにおいて、テュニプの「天下奪《と》り」を想像していた者など、ひとりも存在せぬが、勝者となったテュニプは、

「罪は賊臣《ぞくしん》たるクシャーフルと、その腹心どものみにあり。罪なきパルス人に害を加えてはならぬ」

と布告を発して、寛大なところを見せた。パルス商人たちを迫害すれば、国内外の商業活動がとどこおる、結局こまるのはミスルの民である――というのが理由であった。ただし、あくまでも表の理由であって、裏にはべつの理由がある。

最初はおとなしくはじまった酒宴であるが、ここ数日、身をちぢめて暮らしていたパルス人たちは、麦酒のひと口ごとに不満を発散させ、騒ぎを大きくしていった。主人役であるはずのラヴァンが、話を聴くだけ聴くと姿を消してしまったことにも気づかなかった。ラヴァンは、充分以上の金貨を店の主人に渡すと、裏の扉口《とぐち》から夜道へとすべり出していったのだ。

「アルスラーンめの登極《とうきよく》から、四年もかかるとは思わなんだが……」

歩きながらラヴァンはつぶやいた。

「三百年も待ったのだ。千日や二千日ぐらい、とるにたりぬ。いよいよ、いよいよ……その日が眼前に近づいてきたのじゃわ」

それは他人の知るラヴァンの声ではなかった。暗黒の深淵からはいあがってくる魔性の声。

「あの男も、十六年間、待ったのだったな。ミスルでも、最初は順調――順調すぎるほどであったが、何と何と、上り下りの激しい男じゃ。全面的にまかせておけぬわ」

声のない笑いが、夜気を腐敗させていくようだ。

「思えば運のない男よ。パルス列王のなかにあっても、上位に位置する器量であろうに……いつもいつも、九分九厘までいって獲物に逃げられおる。詰めの甘いことよ」


テュニプと二股かけておいてよかったわ。ラヴァンはそう独語《ひとりごと》をいい、靴先で路上の小石を蹴とばした。

「とはいえ、九分九厘までは成功する才略があるゆえ、まるきり無視もできぬ、か。憎むべきカイ・ホスローの正嫡《せいちやく》、というのが彼奴《きやつ》の過剰な矜持《きようじ》。何かのまちがいで、我らを蛇王さまの眷属《けんぞく》と知って、かのアルスラーンと手を結ぶ、などという愚行はまさか犯すまいが……さて、逆上したらどうなるやら」

ラヴァンと名乗る男が低く笑声をたてると、口もとに黒い瘴気《しようき》が雲をつくった。

「さて、いそがしくなるぞ」

自分はほとんど酒を飲まなかったので、不快な匂いもしない。まっすぐラヴァンが足を向けたのは、ヒルメスの逃走後、孔雀姫《ターヴース》フィトナが軟禁されている客将軍府《アミーン・ルフ》であった。門や玄関ごとに金貨をばらまきながら奥の間へと通される。

「何者じゃ⁉」

　フィトナは冷然とラヴァンを見下したが、すぐに思い出したようであった。

「そなた、たしかパルス人の商人……」

「はい、ラヴァンめにございます。孔雀姫さまには、あいかわらずのお美しさ、砂漠に咲く大輪のラーレ《チューリップ》のごとく……」

　ラヴァンの世辞を、フィトナは、あいかわらず冷然とさえぎった。

「そなた、都がどのような状況にあるのか、存じておるのか」

「だいたいのことは、商人仲間から聞きおよびましてございます。しかしまあ、よくぞご無事でおわしましたなあ。ひとつまちがえば、例のクシャーフル卿に巻きこまれておられましたぞ」

「クシャーフルなどという男はおらぬ」

「は、いまはさようでございましょうが、かつては……」

「かつてもおらぬ。クシャーフルなどという男は、最初から存在せなんだのじゃ！」

　フィトナの声は激情をはらんでほとばしり、ラヴァンの口を封じた。フィトナの全身が、所有者の熱い激情に衝《つ》き動かされ、こまかく慄《ふる》えている。

　よほどに矜持の高い女性だ。ラヴァンは、感歎に似た表情を隠した。フィトナは、クシャーフルと偽称していたヒルメスを憎んでいるのではない。ヒルメスは一度はミスル国の強奪に成功しながら、一朝にしてそれを失った。四十歳にもなるまで、たいした名声も得られなかった男に、足をすくわれたのだ。自分《フィトナ》が見こんだ男《ヒルメス》は、蓋世《がいせい》の英雄ではなかった。フィトナの憤りは、男を見そこなった自分自身に向けられていた。

　フィトナの傍《そば》にひかえている黒人宦官《かんがん》ヌンガノの

視線を意識しながら、ラヴァンはうやうやしく床に両ひざをついた。

「内親王《ないしんのう》殿下にあらためて御意《ぎょい》を得ます」

フィトナは両眉の間に不信の色をたたえた。

「なぜ、わたくしを内親王《ひめ》などと呼ぶ？」

「なぜなら、あなたさまは、パルス王国の前王アンドラゴラス三世と、タハミーネ王妃との間にお生まれあそばした姫君であられますゆえ」

沈黙が、三者の間をゆるやかに舞った。

「わたくしが、パルス国王の落胤《らくいん》だと申すのか」

「落胤などではございませぬ。国王アンドラゴラス三世と王妃タハミーネとの間にお生まれあそばした正嫡の王女、内親王殿下とお呼びいたすのが当然でございますれば」

無言のフィトナは、両手でかるく拳をつくった。

「アルスラーンは、みずから公言しておりますとおり、パルス王家の血など一滴もひかぬ無名の俗人。英雄王カイ・ホスローのご子孫たるあなたさまこそ、パルス国の正統の女王であらせられますぞ」

孔雀姫フィトナは、ラヴァンの顔を見すえたまま、わずかに上半身をそらした。驚愕と疑惑を、杯にいれて飲みほすかのような動作。やがて発した声に、好意も善意もなかった。

「ラヴァンよ、そなたは講釈師にでもなったほうが、成功したであろうな。まともに聴く気にもなれぬ戯言《ざれごと》なれど、証拠があってのことか」

「ございます」

「では、見せてみよ」

「私めは持ちあわせておりませぬ」

フィトナは何度めかの冷笑をたたえた。

「何としらじらしい。証拠もなしに、わたくしが高貴の身といわれて、うかつに信じられようか」

「証拠の品はすでに、あなたさまがお持ちでございますれば」

「何のことじゃ」

「それも、ものごころついておられたときには、すでにあなたさまの左腕にはめられておりましたはず。いかがでございましょう」

Ⅱ

フィトナの表情がわずかにゆらいだ。

「……あの銀の腕環」

「おお、やはり憶えておいであそばしましたか。尊《たっと》ぶべきミスラ神の御姿が刻まれておりましたはず。それこそ、かの英雄王カイ・ホスローのご子孫たる証明《あかし》。ぜひ実物をここへお出しくだされませ」

フィトナは黒人宦官《かんがん》ヌンガノをかえりみて、寝室の宝石箱から腕環を持って来るよう命じた。ヌンガノが命令にしたがうと、ラヴァンは、しめされた銀の物体をしげしげと眺めた。

「……ふたつに切断されておりますな」

「気まぐれでな。どうじゃ、これでは何の価値もあるまい」

許可を得て手にとると、ラヴァンは頭《かぶり》を振った。

「いや、切断されておりましても、価値は変わりませぬ。おお、これはまさに牡牛《おうし》の頸《くび》を切らんとなさるミスラ神の御姿。まちがいなく、あなたさまは英雄王カイ・ホスローの正嫡《せいちゃく》におわします」

フィトナは、かわいた笑い声を洩らした。

「その正嫡の身が、なぜいま、このような異国の地で軟禁されておらねばならぬ？　何者かの陰謀でもあったのかえ？」

「あなたさまは女性《にょしょう》であられます。それゆえのご不幸でございます」

「それだけか」

「女性はパルスの王位に就《つ》けませぬ。パルス王国十八代、いや、僭王《せんおう》アルスラーンをもふくめれば十九代、ひとりの女王もおられませぬ」

商人というより教師の口調になりつつある。

「ゆえに、あなたさまがパルスの女王とおなりあそばせば、パルスの歴史が変わりまする。ぜひともパルス最初の女王とおなりあそばせ」

「どうやって？」

「現在、国王《シャーオ》と称しておるアルスラーンを打倒するのでございます。ミスルの武力を利用して」

沈黙をつづけていたヌンガノが、ついに口を開いた。

「不穏なことを申すやつ。孔雀姫《ターヴース》さまにご自身の母国を攻めよ、とそそのかしおるか」

「かまわぬ、ヌンガノ」

「はい？」

「わたくしを故郷から追い出し、異国で奴隷女の身にまで堕《お》としたパルス。支配するにせよ亡ぼすにせよ、ためらう理由がどこにあろうか」


フィトナの声が激し、ヌンガノは沈黙した。床の上で、ラヴァンは、細い眼をさらに細めながら、すべてを見すかしていた。

ヒルメスはミスルの東より南に興味があったのか、東西に分かれたナバタイ地方を征服する気であったようだ。だが、フィトナは、ナバタイなどに関心はなかった。広大な草原や、悠然と闊歩《かっぽ》する象や河馬《かば》など、ふたたび見たくもない。苦難の末、ようやくミスルの都にまで来ることができたのだ。だが、パルスの王都エクバターナは、アクミームよりはるかに豊かで美しく、活気に満ちているという。

「ナバタイ人の手でミスルの後宮《ハレム》に売られたこのわたくしが、パルスの女王に……」

フィトナの瞳は、火中に投じられた宝石のごとく、正視しがたい光を放った。ラヴァンが咳《せき》ばらいして、彼女の注意を引いた。

「ですが、その前に、ひとつ、すませておくことがございます」

「何じゃ？」

「まず、ミスルの王妃とおなりあそばせ」

眉をわずかに動かすフィトナ。かまわず、ラヴァンはつづける。

「まず、ミスルの王妃。ついでミスルとパルス両国の王妃。そしてミスルとパルスの女王。そういう順序でございますよ」

「わたくしに、八歳の夫を持てと申すか」

フィトナは皮肉ったが、ラヴァンが彼女の耳に口を寄せて何やらささやくと、表情を変えた……。


とある酒場の片隅、ふたりの男がいる。ヒルメスに登用されたパルス人の武将で、どうにか生きのこったが、置き去りにされたセビュックとフラマンタスであった。


「クシャーフルめ」

ヒルメスの偽名とともに、血のまじった唾《つば》を、セビュックは床の上に吐きすてた。

「おなじパルス人たる我々を見すて、トゥラーン人の手下ひとりをつれて、自分だけ逃げ出すとは。甘言《かんげん》を弄《ろう》しながら、よくも同朋を見すておったな。このまま、のうのうと異国暮らしができると思うなよ」

フラマンタスが、唇についた麦酒《フカー》の泡を、厚い舌先でなめとった。

「おれもまったくおなじ心情《きもち》だが、しかし、具体的にどうする？　クシャーフルを追ってマルヤムへいくのか？」

「マルヤムか……」

セビュックは、三杯めの酒杯を手にした。

「どうせクシャーフルのやつ、マルヤムでも、ろくでもない騒ぎをおこすに決まっておるわ。そう思わんか？」

　ふたりは平服姿だが、腕や顔には、なまなましい戦傷の痕《あと》があった。

「たしかにな」

「だとしたら、やつめ、遅かれ早かれ、パルスへと舞いもどるにちがいない。どんな形で、かは知らんがな。とすれば、我々は、やつをパルスで待ち受けて、ひと泡もふた泡も噴かせてくれようではないか。どうだ、フラマンタス？」

　今度はフラマンタスは即答《そくとう》しなかった。ゆっくりひとくち麦酒を飲む。

「うむ、反対する気はないが、パルスの国王《シャーオ》はアルスラーンだ。我々は、僭王たる彼奴《きゃつ》を打倒するために、今日まで異国で苦労してきた。あげくにこのざまだ。兵も金銭《かね》もなし、ミスルを出ることさえむずかしいぞ」

　生き残ったパルス人の兵士たちは、ちりぢりになり、彼らふたりの力では再結集もかなわぬ。だからこそ、殺されずに放っておかれているのだが。

「そこでだ、フラマンタスよ、おれには一案がある」

「一案？」

「聴く気があるか」

「おう、あるとも、もったいぶらずに、はやく聴かせろ」

　しばらくして、セビュックとフラマンタスは、服装をととのえて酒場を出た。いさましく、はなやかなパルスの甲冑でよそおいたかったのだが、武器はすべて奪《と》りあげられている。外出を許されるだけでもありがたいと思わねばならなかった。

　やがてフラマンタスとセビュックは、非武装の身で、うやうやしく孔雀姫フィトナの前にひざまずいていた。フィトナの傍には黒人宦官ヌンガノがいる。つぎからつぎへと、あやしげな客がやって来る。そう思ったが、口には出さない。

　フラマンタスもセビュックも、策士として武将として、かならずしも一流とはいえないが、すくなくともヒルメスがパルス人たちのなかから自軍の幹部として選び出した男である。軽視すべきではなかった。

「ご両所には、何の用がおありかな」

　フィトナが沈黙をつづけているので、ヌンガノが代わって質《ただ》した。ふたりのパルス人武将は、憎悪と憤怒の視線を投げつけたが、それも一瞬、ひざまずいたまま眼を伏せた。

「孔雀姫フィトナさまにお願いしたき儀あり、生き恥をしのんで参上いたしました。お聴きくだされば幸いに存じあげます」

「申すがよい」

　すでにフィトナは主君の口調である。パルス人武将たちの願いなど、最初《はな》から承知、といわんばかりに、ふたりを見おろした。

　セビュックとフラマンタスのほうも、この場で必要なのは能弁《のうべん》ではなく率直な態度だ、と、わきまえるていどの思慮はある。

「されば申しあげます。我ら両名、いまは主君を持たぬあわれな身の上。何とぞフィトナさまにおつかえいたしたいのでござる」

「もしや、わたくしが、かのクシャーフルを討て、と命じたら？」

「はい、すべて仰せにしたがいます」

「何と変わり身のはやい輩《やから》じゃな。昨日の主君を今日は棄《す》て、明日には敵とするか。パルス語には節度という語句がないのか、のう、ヌンガノ」

　ふたりのパルス人武将は、フィトナの冷笑に耐えた。彼らとて必死である。ここで失敗すれば、地上のどこにも身の置きどころがないのだ。

「お受けなされませ、内親王殿下」

それまで沈黙していたラヴァンが、ささやくように進言した。

「この者たちを信用してよいと申すのか」

「御意《ぎょい》。このふたりがアルスラーンを憎んでおることに、まちがいはございませんし、殿下には護衛の者が必要でございます。もし裏切れば、この上なくおそろしい罰をあたえるだけのこと」

ラヴァンの口調は淡々としており、ゆえに、ひときわパルス人たちを戦慄《せんりつ》させた。

フィトナが、開いていた絹の扇《おうぎ》を閉じた。

「ラヴァンよ、うまい話がつづくようじゃが、ミスル兵をひきいてパルスに侵攻したとき、パルス人どもの反応はどうであろう」

ラヴァンは、おちつきはらって答えた。

「すくなくとも、かのクシャーフルと名乗っておりました男が、ミスルの王位をうかがうよりも、はるかに正当でございますよ」

フィトナはうなずいた。

「わかった、そなたにまかせよう」

「ありがたきお言葉」

ラヴァンがふたりのパルス人武将に視線を向けると、フラマンタスとセビュックはその意を悟って、身体ごとラヴァンに向きなおり、一段と頭をさげた。この人物の機嫌をそこねると、自分たちに明日はないことを、両名とも悟っている。

「ラヴァンどのにも世話をかけた。心から御礼を申しあげますぞ」

「これからも何とぞよろしく申しあげる」

以前の彼らであれば、ラヴァンなど、「クシャーフル」の使い走りをしていた小商人にすぎない。だが、世の中は変わったのだ。生き残るためには、矜《ほこ》りをねじ伏せねばならない。

ラヴァンは皮肉っぽい微笑で、ふたりのパルス人武将を見すえたが、傲慢《ごうまん》さのない態度で応じた。

「そうと決まれば、急いで事を運びましょう。ご両人、私めと同行してくだされ」

ラヴァンはフィトナに一礼すると、ゆったりと歩き出した。ふたりのパルス人武将をしたがえ、訪《おとの》うたのは、テュニプの邸宅である。

「テュニプさま、私めでございます」

「何だ、ラヴァンか」

「何だとは、おなさけない仰せ。これまで、多少はお役に立ってさしあげましたものを……」

「わかっておる。怒るな。親しい仲と思えばこそだ。で、そこにひかえおる両名は何者か？」

警戒のきびしいテュニプの邸宅に、ラヴァンは簡単に通された。その一事だけで、セビュックとフラマンタスは仰天し、内心の反感は煙のごとく消え去ってしまった。

Ⅲ

「しかしな、そう簡単に事は運ぶまい」

テュニプは腕を組んだ。ラヴァンが語る、パルス侵攻の計画を聴いた後である。彼の台詞《せりふ》を聴いたセビュックとフラマンタスは、ラヴァンにうながされて口を開いた。

「我らがご案内いたしましょう」

「ふむ？」

「我ら、もともとパルス人なれば、地理にも通じております。知人も縁者もおります。旧《ふる》くからの貴族や領主の多くはアルスラーンに反発しておりますれば、我らの勢いを見れば、こぞって味方になりましょう」

「悪《あ》しき申し出ではないな。だが、おぬしら自身が申したように、おぬしらはパルス人。ミスル軍の先頭に立って、祖国へ攻めいることに、気おくれはないか」

「いまのパルスは、真《まこと》のパルスにあらず、簒奪者《さんだつしゃ》たる僭王《せんおう》アルスラーンめが暴政を布《し》く悪の王国でござる」

「さよう、そもそも我らはパルスを亡ぼす気などございませぬ。アルスラーンとその一党を亡ぼせば、生涯の望みは、かなうのでござる。旧き伝統あるパルスの国を回復するための、いわば正義の戦い」

「パルスの神々も照覧《しょうらん》あれかし。我らの国を愛する心を見てくださいましょう。ミスルの神々とて、おわかりくださるはず」

テュニプは無表情で彼らの熱弁を聴いた。否、聴くふりをしていた。「パルスの正義」を主張されたときには、かろうじて苦笑をおさえこんだ。パルスの歴史や伝統など、テュニプには意味がない。だいじなのは、領土と財宝と、そして何よりも大陸公路である。

「もし、おれがアクミームを離れてパルスへ攻めこんだとして、その留守をねらうような野心と能力を持つ者はおるか？」

ラヴァンが彼の懸念に答えた。

「もはやそのような人物、ミスルにはおりませぬ。遠慮なく即位なさり、親征《しんせい》を宣言なさいませ」

「えらく気が早いな。おれは新王を選び、そやつを擁《よう》して国権をにぎるつもりであったが……」

「迂遠《うえん》なことを仰せなさいますな」

辛辣《しんらつ》さをおだやかに包んで、ラヴァンは言い放った。

「それぐらいなら、たった八歳で殺されるあわれな前王を擁すればよかったのではございませんか？奸悪《かんあく》なパルス人の手から幼王《ようおう》を救った愛国の英雄として……そうなさらなかったのは、結局、あなたさまが王位を欲《ほっ》しておいでだからでございましょうに」

　テュニプは重く、やや混乱した表情で沈黙した。

「なぜ時間を浪費する必要がありましょう。あなたご自身が即位なさいませ。まことに失礼ながら、十年後には、あなたさまは五十におなりですぞ」

　五十といえば、もはや若くない。テュニプは目をさました表情になった。すこし考えた後、冷徹な野心家の雰囲気をまとうと、ふたりのパルス人武将を鋭く見すえる。

「セビュックにフラマンタスと申したな」

「はっ」

「おれに忠誠を誓う覚悟はできておるのだな」

「もちろんでございます」

「よかろう、では、おれの眼の前で、それを証明してもらおう」

　一瞬、不安の陰影《かげ》が、ふたりのパルス人武将の顔をよぎる。平静さをよそおって、テュニプは命じた。

「国王を殺せ」

「……現在の、あの幼王を？」

「いやか？」

「いえ、閣下のご命令とあらば」

　かくして、惨劇は即座に実行にうつされた。

　八十名の兵士が、後宮に乱入した。意味もなく三十人以上の女官や宦官《かんがん》が血の泥濘《でいねい》に沈められた。幼王サーリフを抱きしめて王太后ギルハーネは悲痛きわまる声をあげる。

「お願いです。お願いいたします。もう、わたくしは観念いたしました。どうなってもいい。でも、この子の生命だけは、この子だけは、たとえ奴隷の身分に堕《お》ちても、外国に売られても……」

「それは逆ですな、王太后陛下」

　冷酷そうに言い放ったテュニプだが、表情は苦《にが》い。

「あなたさまの御身《おんみ》なら、生かしてさしあげてもよい。いずこの国へ赴《ゆ》かれようとご自由、と申しあげてもよい。だが、お気の毒ながら、外国人に擁立された王位僭称者は、生かしておくわけにはいかんのです」

「あの子の罪ではないものを――」

ギルハーネの哀願の声を、テュニプは、ことさら無視した。

「ひとたびは玉座に就《つ》かれた御身、しかも、幼くおわす。無用に苦しませず、冥土へ送ってさしあげよ」

王太后《ギルハーネ》の錯乱した叫びが、天井や壁に反響するなか、八歳の国王サーリフは母親から引きはがされ、「死」の意味を理解することもできぬまま、一刀のもとに首を刎《は》ねられた。

「…………！」

絶叫とともに、王太后ギルハーネは顔をおおい、床に倒れこむ。頭部をうしなった彼女の子の遺体から血が流れ出て、母親の身体をぬらすと、さすがに数名の兵士が顔をそむけた。

「寝室へ運んでやれ」

もはやテュニプは敬語を使わなかったが、ギルハーネに一抹《いちまつ》の憐れみを禁じえなかった。

「クシャーフル」の傀儡《かいらい》として王太后の座に就《つ》いたのは、彼女自身の意思でも罪でもない。だが、生かしておけば、どうせいずれ「クシャーフル」の手にかかる。母子を利用しようとする者もあらわれるであろう。現在《いま》のうちに処分するにしかず。ただ、ミスル人の手ではやりづらい。パルス人たるセビュックとフラマンタスが、のこのこあらわれたのは、天《てん》与《よ》の機会というべきであった。万が一、テュニプを「国王殺し」と糾弾《きゅうだん》する者があらわれたら、フラマンタスとセビュックにすべての罪をかぶせて処刑してしまえばすむことだ。

三日が経過した。

ひとまず国都アクミームを掌握《しょうあく》したテュニプは、

ひそかに三人のパルス人を招き、奥の間でささやかな茶会を開いた。周囲は、パルス語を解せぬミスル兵でかためている。

茶会の話題は、明るくもなく、平和的でもなかった。前置きもなくテュニプが口を開く。

「ミスルとパルスは、永遠の敵国どうし、というわけでもない。攻め入るとしても大義名分がないぞ」

「大義名分がご必要で？」

「あたりまえだ」

幼王とその母親を殺したことに、テュニプはやはり後ろめたさを感じている。民衆も、罪なき幼王に同情し、テュニプに対しては恐怖と嫌悪をおぼえている。雲上《うんじょう》のできごとではあるが、それだけに打算のない感情だ。

その影を払拭《ふっしょく》するには、光が必要であった。目もくらむような栄光のかがやき。たとえば、パルスを併呑《へいどん》するような……。

ラヴァンの声がテュニプの心の核を衝《つ》いた。

「では、大義名分をおつくりいたしましょう」

「なに？」

「あなたさまが、ミスルのみならず、パルスをも統治なさる正当な権利をお持ちになる。その名分でございますよ」

テュニプは、かろうじて平静をよそおった。

「ほほう、そのように便利なものがあるとすれば、聴《き》いてみたいものだな」

「テュニプ閣下、このラヴァンめは商売人でございまして……」

「承知しておる。気に入れば、そなたの商品、王宮で独占的に購《あがの》うてやるわ。もったいぶらずに申せ」

杯をあおぐテュニプの姿を、ラヴァンは毒虫の眼で観察した。「晩成の大器」といえばいえるが、四十歳でようやく目的を達し、そこで持てる能力《ちから》を費《つか》いはたした男だ。この男の役目は、ヒルメスを追放し、ミスル軍をパルスへ侵攻させること。実力以上の名を、歴史に残すのだから、道具として使われて死んでも、怨む筋合はあるまい。そう、蛇王ザッハークさまの道具として……。

「パルスはクシャーフルと名乗るパルス人をひそかに派遣して、ミスル国を乗っとろうといたしました」

「…………!?」

「隣国に対する悪辣《あくらつ》な陰謀、正されなければ神々がお怒りになりましょう。ひとたびは害を加えぬと約束した幼王を、殺害なさった意味もございませんぞ」

テュニプは憮然《ぶぜん》とした。

「……先ほどもそうだったが、簡単に申すな。パルス軍は強いぞ。いうのは不快だが、現実だ」

「さよう、そこにおれば強うございます」

「そこにおれば、だと？　パルス軍は現に存在しておるではないか」

ラヴァンは、ふたりのパルス人武将を見やりながら告げた。

「パルス軍の総兵力は、ルシタニアの侵攻以来、まだ完全に回復しておりません。そして現在、パルス軍は東方のチュルクを警戒し、兵力の過半を東へ向けております。したがって、王都エクバターナより西は、いたって手薄。パルス人どもがミスルの動向に気づかぬうち、一挙にディジレ河をこえて急進いたせば、エクバターナまでは、まさに翼ある馬のごとく、駆けぬけることができましょう」

ラヴァンの言葉は、熱湯のごとく、他の三人の心を煮えたぎらせるものではなかった。むしろ冷たく三人を凍《い》てつかせた。悪意と煽動《せんどう》は、氷まじりの冷水となって、三人の心のひびに浸《し》みこみ、人の心の温かい部分を、暗く冷やしていくようであった。

ラヴァンが、いったん閉ざした口を開いた。

「テュニプさま、じつはある女性についてお話が……」

Ⅳ

テュニプが孔雀姫《ターヴース》フィトナの姿を見たのは二度めのことであったが、最初のときより、衝撃は大きかった。あのパルス人クシャーフルの愛人であった娘が、パルスの王女だと⁉

「そなたは……そなたが……」

にわかに信じられるはずもなく、立ちすくむテュニプに、フィトナが優雅な礼をほどこす。

「ミスルの新国王テュニプ陛下に御意《ぎょい》を得て、光栄に存じます。フィトナと申しまする」

テュニプが混乱につかまれたまま立ちすくんでいると、ラヴァンが重々しく告げた。

「こちらの御方が、パルス王国の真の王女、フィトナ内親王《ないしんのう》殿下にあられます」

テュニプの視線はフィトナに貼りついたまま動かない。

「何とぞ、これ以降、お見知りおきくださいませ」

テュニプは無言でうなずいた。おちついた壮年男性の動作に見えたが、じつのところ、衝撃と驚愕の連打をあびて、声が出なかったのだ。ラヴァンの細い眼は、さりげなくテュニプを観察している。あらたな覇者の限界をさぐるかのように。

フィトナが、あでやかな笑いの花を咲かせた。

「不遜《ふそん》なれど、お願いがひとつございます」

「な、何だ、申してみよ、財宝か、身の安全か」

テュニプは圧倒され、俗っぽい語を発した。

「わたくしの故国、偉大なるパルスは、現在、アルスラーンなる僭王《せんおう》に支配されております。かの英王カイ・ホスローの高貴な血など一滴もひかぬ、下賤《げせん》なる簒奪者《さんだつしゃ》に！　どうかテュニプさまのお力をもって、パルスに攻めこみ、簒奪者に正義の鉄槌《てっつい》をお下しあそばしますよう」

テュニプの狼狽《ろうばい》は飽和状態にあったはずだが、かろうじて持ちこたえた。

「まあ待て。正直なところ、おれはしばらくミスル国内の把握に専念し、然《しか》る後、西と南へ国境を前進させるつもりだった。それをパルスだと、本気か」

他人に告げる必要も義務もないことを、テュニプは口にしてしまった。もはやテュニプは失調状態におちいっていた。

「ミスルの国力が増大する間に、パルスも国力を充実させましょう。いまパルスを討っておかねば、いつか逆に討たれましてよ」

フィトナの声は半ば歌うようだ。

「率直にお尋《き》きいたしますが、あなたさまは、いかほどの軍勢をいますぐ動かせますの？」

「そうさな……十五万というところか」

応えたテュニプの両眼は、これまでの人生でたくわえてきた思慮分別を、砂漠の涯《はて》へ放り投げてしまったようであった。慎重に忍耐づよく謀画《ぼうかく》する人物であるだけに、一線を飛びこされてしまって、対応できなくなってしまったのだ。

「その十五万を一気に投入して、ディジレ河を渉《わた》れば、馬蹄《ばてい》のおもむくところ、敵する者はおりますまい」

ラヴァンがそそのかす。

「簡単に申すな」

さすがにテュニプは苦《にが》りきった。

「口にするのもいまいましいが、パルス軍は強い、と、以前に申したはず。しかも、わが軍は、クシャーフルにかきまわされたあげく、内戦と幼王の死とで混乱しておる。外征の準備など、できておらんのだぞ」

「よい考えがございます」

「……申してみよ」

「お許しをえて、申しあげます。十五万の兵のうちから五万を割《さ》き、ミスル南方、ウルムナートの港より船団を組んで、海路、パルスの海岸をおそい、ギランの港を急襲するのでございます」

ラヴァンの口は商人というより歴戦の、武将のように動いた。

「ギランは警備も厚くございませぬ。ひとたび奇襲をかけて占領いたせば、莫大な金銀と食糧も手にはいります。あとは、パルス軍の動静に応じて、守るもよし、パルス軍が攻めてくれば、王都エクバターナの守りは薄くなりまする。そのときは、残る十万の軍をして、一気にディジレ河をこえてパルス領に侵攻いたすのでございます」

さらにテュニプは啞然《あぜん》とした。彼が自主的にパルスへの侵攻を計画したとしても、用いるにたる軍略だ。ただ、準備の期間が充分に必要だが……。


「わかった。今日はもう帰るがよい。おぬしらの身の安全は保証する」

テュニプの言質《げんち》をえて、フィトナはいったんラヴァンと別れ、客将軍府《アミーンルフ》へもどったが、広間にはいると、すぐヌンガノが語りかけた。

「孔雀姫さま、あまり政治や軍事にはおかかわりにならぬほうがよろしいかと……」

「わたくしが図に乗っていると申すのか?」

「そうではございませんが……」

「ヌンガノ」

「は、はい」

「わたくしは、おまえの意見を尋いてはいない。わたくしの命令にしたがえぬ、と申すなら、解放して金銀を好きなだけあげるから、故郷へお帰り。命令にしたがわぬ奴隷など、わたくしには必要ない」

「あっ、そ、それは……」

悲痛と狼狽の声を、ヌンガノは発した。フィトナがしなやかな肢体《したい》をひるがえして、広間から去ろうとする。ヌンガノは小走りに先まわりして、フィトナの前に平伏した。

「お待ちくださいませ。ヌンガノは愚かでございました。何とぞ、何とぞ、お赦《ゆる》しくださいませ。孔雀姫さまに見すてられては、ヌンガノは生きていけませぬ」

フィトナは黒人宦官《かんがん》を見おろして笑った。

「そなた、あのテュニプに地位と任務をあたえられたのではないか。後宮どころか、宮廷全体を宰領《さいりょう》して、宰相のグーリイを監視する。大役じゃの。わたくしのことなどかまわず、さっさとグーリイのもとへお赴《ゆ》き」

「いえ、いいえ、私めは権勢も地位もほしくはございませぬ。ホサイン王が滅びたいま、望みはただ孔雀姫さまのお傍《そば》につかえさせていただくことだけでございます」

額を床にすりつけるヌンガノの姿を、フィトナはしばらく黙然とながめていた。


波の色が、わずかに濃くなったと感じたころ。

「陸だ！　マルヤムの海岸が見えたぞお！」

帆柱の上から監視員《みはり》の叫びが放たれると、甲板は船員や船客たちの歓声に満たされた。舷側に寄りかかっていたヒルメスは、身をおこすと、船長のもとへ泰然《たいぜん》と歩み寄った。

「船長、港へはいる前に、近くの岸に近づけてくれ」

「は？　港へお降りになればよろしいでしょうに」

「港には役人どもがうろつきまわっておろう」

「そ、それはもちろん……」

船長はうなずいたが、この剣呑《けんのん》なパルス人の客に対する態度を、いまだに決めかねていた。

「ま、ま、待ってくだされ。あなたさまは、きちんと代金を払ってくださったお客。役人に無用な報告などいたしませぬ」

「お前は、ものわかりのいいやつだ」

ヒルメスは、ほめてやった。

「だが、世に役人ほどわずらわしいものはないのでな。ミスルの旅券を持っておらぬ身では、いささか肩身がせまいわ」

「そ、それは金銭ですむのでは……」

船長を無視して、ヒルメスは呼ばわった。

「ブルハーン！」

「はい、すでに用意はできております」

トゥラーン人の若者は、馬装《ばそう》をととのえた二頭の馬を、船内から甲板へ引き出している。

「ブルハーン、いくぞ」

「御意！」

ブルハーンの声がはずむ。正直なところ、船の旅は好きになれなかった。馬に騎《の》るのと異《こと》なり、自分で思うままにあやつることができないからだ。ミスルからの海路はおだやかで、船酔いに悩まされることはなかったが、トゥラーン人はどこまでも陸の民であった。

船の乗降口を開けさせる。おびえたような馬の頸《くび》をたたいて叱咤《しった》する。「ハッ」とひと声、馬ごとヒルメスは海面へ身を躍らせた。すかさずブルハーンもつづく。白い飛沫《しぶき》がたてつづけにあがった。

「な、何てやつらだ」

「船長、港に着いたら役人に報告しますかい、あのパルス人どものことを」

船員のひとりが大声で問いかける。船長は我に返った。

「ばか、よけいな所業《まね》をするな。あいつらは、この船にかってに乗りこんできて、かってに降りていったんだ。小麦をあさるネズミとおなじよ。いちいち役人に報告してみろ、よけいな時間はかかる、銭だって……」

いいさして、船長は激しく頭を振った。

「無事に帰国したんだ。十ヵ月ぶりだぞ。ホラ貝を吹け。港の衆に迎えてもらうんだ。いいな、よけいなまねをするやつは、三日間、上陸を禁止するから、そう思え！」

船長は絶対的な切札を振りかざし、ほどなく嚠《りゅう》喨《りょう》たるホラ貝の音が、海からの風に乗って陸地へと流れていった。

V

卓絶した馬術と、おだやかな海のおかげで、ヒルメスとブルハーンは、やがて無事にマルヤムの海岸に上陸した。ヒルメスとしては、港にルシタニア人の役人や兵士がいて、彼の顔を見知っている、という危険を避けたかったのだ。そのため二頭の馬は、力つきて海岸で斃《たお》れてしまったが。

砂丘の上にヒルメスが腰をおろしていると、食物を調達に出かけたブルハーンが、恐縮の表情を示しつつもどってきた。

「このように粗末な食物《もの》しかございませんで……お口にあわなければ買いなおしてまいります」

「なに、かまわん、腹いっぱいになれば上等だ」

ヒルメスは円形の薄パンをひろげ、焼かれた羊肉、鶏肉《とりにく》、タマネギ、すりつぶしたレンズ豆などをのせて包みこんだ。

「お前も食え」

「ありがとう存じます」

市場には色とりどり大小さまざまの魚があふれかえっていたが、トゥラーン人であるブルハーンは魚が食べられない。肉をさがすのが、ひと苦労だったのである。

　薄パンをかみながら、ヒルメスはふと思った。

「カーラーン、サーム、ザンデ、それにこいつの仲間たち……忠義の者どもを、何人もむだ死にさせてしまった。おれは主君としては、災厄の種らしい」

　気まぐれな海風は、人間どもの予定より速く強く、しかも西南から吹いて、船を九月の末にマルヤムの海域まで進めてしまっていた。

　海の碧《あお》さがしだいに濃く深くなり、日光の加減によっては紫味さえおびて、「葡萄酒色の海」と呼ばれるマルヤムの海だ。絶景ではあるが、ヒルメスはすでに観《み》ているし、ブルハーンは海に近づきたくもない。黙々と砂丘の上で食事をすませた。

「そういえば、セビュックどのやフラマンタスどのは、どうなったでしょう」

「ああ？」

　自分が取りたてたパルス人武将たちのことを、ヒルメスはすっかり忘れていた。それどころではなかったのだが、彼らをミスルに置き去りにしたことも思い出さなかったのだ。

「たぶん死んだろう。考えても詮《せん》なきことよ」

　この台詞《せりふ》を、パルスの「流浪の楽士」が聞けば、「だから貴人《おえらがた》というやつは」と冷笑したかもしれない。

「思うに、おれはこれまで不運つづきだった」

「御意」

「まあ、それでこの将来《さき》は……」

　ヒルメスは顎《あご》をなでた。

「どいつもこいつも不幸にしてやろうと思っているところなのだ」

　朴直《ぼくちょく》なブルハーンは、困惑しきって主君を眺めやった。ミスル国を乗っとり、ナバタイ両王国を侵《しん》掠《りゃく》することについては、ブルハーンは異存も疑問も持たなかった。人生とは戦いであり、戦いとは身心から血を流すものだ。だが、ブルハーンの知っている戦いとは、前向きのものだった。すくなくとも彼はそう思っている。

「わが君は類《たぐい》なき英雄児におわします。ミスルのことは後まわしになさるとして、まずマルヤムから大事業をお始めあそばしてはいかがでございましょう」

部下がたったひとりの英雄児か。内心ヒルメスは自嘲した。しかし二十年前は自分ひとりだけで始めたのだ。

「ギスカールがマルヤムの国王とはな。だが、治政はそう悪くもないようだ」

もっとも、ボダンの治政より苛酷なようでは、どの宗教であろうと、地獄同然であろう。ギスカールが無能だ、と、ヒルメスが思ったことはないから、港町のにぎわいも、べつに意外ではなかった。問題は、その無能でない男から、いかにしてマルヤム一国を強奪《ごうだつ》するか、である。

ミスル国の簒奪《さんだつ》が成功していれば、ヒルメスは、よきミスル国王となるべく努力したであろう。失敗したら逆賊として死ぬまでのことであった。ところが、あのテュニプという男は、ヒルメスを殺さず、追放するにとどめた。寛容をよそおった曲者《くせもの》め！ヒルメスとしては、安穏《あんのん》として敗者としての余生を送るわけにはいかない。

「おれを生かしておいたことを、テュニプめに後悔させてやろうぞ」

砂丘からしばらく歩いて、ヒルメスたちはわざと陸の方角から港町へはいった。いつでも抜剣して闘う心がまえはできていたのだが。

「それにしても妙だな」

これだけの規模の港であれば、もっと多くの兵士の姿が見えてよいはずだ。だが、一見して、それらしきよそおいの者はすくない。商人や船乗り、それに庶民や奴隷ばかりだ。

「隠れているのか。だが、なぜ隠れる必要があるのかな」

国都イラクリオンに兵力を集中させ、必要あらば一気に現地へ直進する。ギスカールが戦略の変更を進めていることを、ヒルメスは知る由《よし》もなかった。

「まあいい、とりあえず、あたらしい馬を手に入れよう」

ブルハーンにいうと、馬をうしなって元気のなかったトゥラーン人の両眼が、かがやいた。

しばらくして、港は騒然となった。見つかったのは、ふたりの兵士の屍体であり、いずれも一刀で斬り殺されていた。一方、見つからなかったのは、彼らが騎《の》っていたはずの、二頭の軍馬であった。

新マルヤム王国の国王ギスカールは、いたってまじめに為政者《いせいしゃ》としての任務をこなしていた。

パルスから追い出され、ルシタニアは放棄した。ギスカールとしては、マルヤムだけが掌中《しょうちゅう》に残された王土である。内外の争乱によって荒廃した国土を整備し、マルヤム人とルシタニア人との融和をすすめ、統治機構をととのえた。もともと政治と軍事のほうが、酒色《しゅしょく》より好きな型の人物である。臣下の誰よりも熱心にはたらき、昼夜を問わず国務の処理にはげんだ。

軍事についていえば、パルス国と国王アルスラーンに対して復讐したい気分は充分すぎるほどであったが、冷静に考えて勝算はうすい。ダリューンとナルサスの名が脳裏に浮かぶと、復讐心の灯《ひ》も細くなってしまうというものだった。

「もし領土を拡大するとしたら、北方だな」

現在のところ、ギスカールは漠然とそう考えている。マルヤムの北方に国らしい国は存在せず、大小何十もの部族が和戦をくりかえしている。

大陸公路からも外《はず》れており、たいして豊かでもない。だからこそ、マルヤムを征服した後、ギスカールの矛先は豊穣《ほうじよう》なパルスに向けられたのだ。

だが、北の蛮地《ばんち》にも資源がないわけではない。それは人間である。男女を拉致《らち》して奴隷とし、国内ではは未開の土地を開拓させ、海外へ売り飛ばす。それらは旧来のマルヤム人にやらせる。そうすれば、「自分たちより下層の者がいる」と、マルヤム人たちは考えて、敗戦の怨みを減少させる。虐待される奴隷たちの憎しみは、マルヤム人に向けられる。これぞ一石二鳥の「分断統治」というものだ。

「しかし、そろそろ、おれも妃《きさき》を持たねばならんな」

身分の高いマルヤム人の美女を探すよう、彼は、コリエンテ侯爵、トライカラ侯爵、オラベリア卿などの腹心たちに命じていた。彼らは熱心に任務にしたがっている。勅命《ちよくめい》をはたすと同時に、自分たちも好みの美女を手に入れる機会だから、当然のことであった。

勤勉なギスカールは予定以上の書類を処理し、ひと息ついた。侍従を呼んで葡萄酒でも持ってこさせようと、卓上の呼び鐘に手をのばす。

ギスカールの咽喉《のど》もとに白刃が突きつけられたのは、そのときであった。眼球が動いて、顔の右半分に薄布をかけた男の顔が映る。マルヤムの軍装に身をつつみ、しかもすでに刃は血にぬれていた。

「き、きさまは……」

「お久しゅうござるな、王弟殿下――いや、国王陛下」

ヒルメスは、ギスカールのつぎの言葉を予測した。簡単に的中した。

「生きておったのか！」

「陛下の御恩をもちまして、いや、イアルダボート神の御加護をもちましてな、失うはずの生命を何度も拾うてござる」

「こ、ここへ何をしに来た？」

「さて、お話しいたせば長くなり申す。どこぞ、おちついて謁見《えっけん》させていただける部屋がございましたら、そこにてゆっくり久闊《きゅうかつ》を叙《じょ》させていただきましょうかな」

　ギスカールは三度、呼吸した。大きく、小さく、大きく。疑惑は残ったものの、恐怖と狼狽は、ほぼ体内から追い出して、ギスカールは吐きすてた。

「よかろう、ついて来るがよい。だが、剣はしまえ。それが、おたがいのためだ、わかるだろう？」

　ヒルメスにはわかった。ブルハーンに眼で命令しながら、自分自身も剣を鞘《さや》におさめる。それを見とどけると、ギスカールは、おちつきはらった表情と足どりで歩き出した。逃げられないとさとって、かえっておちついたのである。ヒルメスが戦士としていかに勇猛で、狡猾《こうかつ》で、しかも容赦ないか、ギスカールはよく知っていた。

　半歩おくれて、「新マルヤム国王」の左右をはさむ形で、ヒルメスとブルハーンも歩み出す。ギスカールの冷静さが演技であることを、ヒルメスはお見通しであった。だが、生命の危機にさらされながら、王者らしい風格を演じきるのは、非凡なことである。

　ギスカールは、広くはないが心地よい暖かさと品のよい調度をそなえた一室に、招かれざる客たちをつれこんだ。

VI

　マルヤム様式の、低い安楽椅子に座を占めると、ヒルメスは意地悪な口調で問いかけた。

「ところで、敬愛すべきボダン大司教はいかがなされた？」

「死んだわ」

ギスカールが、多少なりと陽気さをこめて即答したのは、これがはじめてである。ヒルメスは表情を消して「新マルヤム王」を見すえたが、視線には毒がこもっていた。

「陛下が誅殺《ちゅうさつ》なさったのでございましょうな」

「正当な処刑だ」

「それは、いささか残念」

「残念？　何が？」

「いや、できますれば、あの狂犬、私の刃にかけて陛下に献上いたしたかったからでござる。よき手《て》土産《みやげ》になりましたろうに、惜しいことをいたしました」

「ボダンごときを処分するのに、おぬしの手を借りる必要はない。実際、なかった」

ギスカールは皮肉な笑みをつくって言い放った。事実である。ボダンを斃《たお》すまでの苦闘を思えば、ギスカールのここ三年ほどは、ヒルメス以上に辛酸《しんさん》をなめたといってよいくらいであった。

「いや、おそれいりつかまつった。さすがは陛下、すっかりマルヤムを支配されておられるようで」

不機嫌な視線をそらして、ギスカールはブルハーンを見やった。軍装こそマルヤムのものだが、彼がどこの国の人間か、ギスカールには判断がつかなかった。トゥラーン人を見るのは、はじめてのことであったが、ヒルメスの忠実な部下であるのは疑いようがなかった。

「それで、いまごろあらわれて、真の用件は何だ」

「貴国の兵力をお借りして、初志をつらぬこうと存ずる。すなわち、パルスへの再出兵」

ギスカールは舌打ちした。

「正直にいうがな、マルヤム人どもは兵士として、あまりあてにならんぞ」

「それほど弱兵でございましたかな」

ヒルメスは、とぼけてみせた。ギスカールの本心は見ぬいている。ルシタニア兵を統率してパルスへ遠征すれば、マルヤム国内は守りが薄くなる。現在のところ、マルヤム人たちはおとなしくしているが、ギスカールが不在となれば、話は別だ。

マルヤムが存在するからこそ、ギスカールは「すべてをうしなった男」と呼ばれずにすむ。ヒルメスなどにそれを渡してたまるか、と思いつつ、相手の心情をさぐった。

血統に対する妄執こそが、ヒルメスの弱点であり、限界でもあったが、本人はそのことに気づいていない。皮肉なことに、イリーナ内親王《ないしんのう》にあまりに純粋な愛慕をささげられたことが、ヒルメスを誤解させていた。イリーナの夫であった自分こそ、マルヤム民衆の支持を受けられるはずだ、と。ヒルメスはごく単純に思いこんでしまった。いっそ、このことを公表し、ギスカールを蹴落とすか、今後の愉《たの》しみである。

「兵力はいかほどお持ちで？」

ヒルメスの質問に、ギスカールは不快そうな表情をしたが、答えないわけにはいかなかった。でないと、さらに不快な思いをすることになる。

「ルシタニア兵が七万、マルヤム兵が十二、三万というところか」

「ほう、大軍でございますな」

「全軍いちどに動かして、国を空《から》にするわけにはいかんぞ」

「それでも、十五万は動かせましょう」

「モンフェラートやボードワンが健在であったら、おぬしの話に乗ってもよいのだがな」

「まことに惜しい良将たちを、うしないましたな」

しらじらしさもきわまる、ヒルメスの慨歎《がいたん》ぶりである。

ギスカールは努力して冷笑をつくった。

「いろいろと、つごうのよい計算をしておるようだが、世の中には、計算ちがいというものがあるのだぞ」

「陛下が親征をおいやとあれば、私めに十五万の兵をお貸しくだされたい」

「冗談も、そのていどにしておけ」

「何なら十万でもよろしゅうござる」

ギスカールは喚《わめ》き出すのをかろうじて抑えた。

「それ以上、戯言《ざれごと》を弄すると、冗談ではすまなくなるぞ」

「最初から冗談ではござらぬ」

ヒルメスが薄く笑ったので、ギスカールは、蛇が笑うのを見た気分になった。

「と申すからには、マルヤム兵を活用する形での軍略があるのだろうな」

ヒルメスは、かるく答えた。

「マルヤム人の部隊は、捨て駒になされればよろしい。囮《おとり》、殿軍《でんぐん》、弓矢よけ、いろいろと使途《つかいみち》はござろう！」

ギスカールはうめいた。

「おれはマルヤムの国王なのだぞ！」

「ケファルニス王朝と申すそうでございますな」

ヒルメスは、ギスカールがまだ妃を迎えていないことを知っている。べつに秘密にされているわけでもない。むしろ、マルヤム人もルシタニア人も、どのような美女をギスカール王が選ぶか、興味津々《しんしん》なのである。国都イラクリオンに到着するまでに、何十回その噂を聞いたか知れない。

「ただし、王朝とは、初代、二代、三代……と継続してこその呼称《こしょう》。一代かぎりでは王朝とは申せませんな」

「…………」

「したがって、簒王《さんおう》アルスラーンめの政権も、まだ王朝とは呼べませぬ。それとも陛下は、アルスラーン二世の即位をごらんになりたいか」

　ギスカールが沈黙しているので、ヒルメスはギスカールの心の傷に塩をなすりこんだ。

「パルスの国史は、さぞ辛辣《しんらつ》に記録することでござろうな！　遠くルシタニアからパルスまで大軍をひきいて押し寄せたあげく、惨敗した男。おなさけで助命され、生命《いのち》からがらマルヤムへ逃げて、一生を敗北の恥辱のうちに終えた臆病者。報復をとげるどころか、考えすらしなかった恥知らず。その名はギスカール——と」

　ギスカールの顔が、どす黒い怒色に染まった。彼の自尊心と自制心は、異音を発して、爆裂しようとしていた。にもかかわらず、ギスカールは、一種、奇怪な力によって抑えこまれてしまった。

　ヒルメスを、自分以上の傑物とは思わない。そのようなことを、ギスカールは認めなかった。だが、いまここでヒルメスの策謀をはねつければ、まちがいなく殺される。その前に人質として、ヒルメスたちの安全が保証されるまで、どのような目にあわせられることか。かつてパルスの王都エクバターナにおいて、虜囚であったはずのアンドラゴラスに、逆に人質にされてしまった。そのときの苦痛と屈辱が胸中によみがえる。しかも極彩色《ごくさいしき》で。

　ここは何としても逃れねばならぬ。

「わかった。予は覇者の気概を忘れておったようだ。いま一度、おぬしと手を結ぼう」

　ヒルメスは冷笑をひらめかせて剣を引いた。

「ご賢慮《けんりよ》のほど、感服したてまつりました。新マルヤム国王陛下」

Ⅶ

　チュルク国の国都へラート。

　まさしく突然、国の中枢に怪異の一群があらわれ、絶対的な専政者であったカルハナ王が殺された。階段宮殿には、みずからカルハナ王の首をあげたトゥラーンの魔将軍《ガウマータン》がいすわり、街路には異形の怪物がのし歩き、民衆は家の扉と窓を閉ざして恐怖におののいている。

前代未聞の混乱のなかで、イルテリシュは、魔道士グルガーンの姿を冷然と見すえていた。

白濁した酒が杯を満たすと、イルテリシュは、玉座で脚を組みなおし、わざとらしい好奇心をこめて魔道士の顔を見すえた。グルガーンは卑屈げに告げる。

「全部お注《つ》ぎなさいましたな。では、何とぞお飲みくださいませ」

「色はたしかに馬乳酒に似ておるが……」

「当然でございます。馬乳酒でございますれば」

「匂いもおれの知っているものとはちがうような」

「それは、これまでご存じないものでございますゆえ」

グルガーンは忍耐に忍耐をかさねていた。彼もイルテリシュも魔人であるが、両者ともにそれぞれの自我めいたものはある。心の裡《うち》で、グルガーンは、若いトゥラーンの覇者をののしった。

「さっさと杯を干《ほ》してしまえ、トゥラーンの蛮族め。身のほど知らずにも、大陸公路の王者など気どりおって。きさまにお似あいなのは、せいぜい蛇王さまの唾《つば》ぐらいだ」

グルガーンの内心を知ってか知らずか、イルテリシュは夜光杯《グラス》を指さして告げた。

「飲め」

「は？　これはイルテリシュさまの御為《おんため》にご用意したものでございますが……」

「きさまにも、ひとくち味わわせてやる」

不信と嘲弄の視線を、イルテリシュはグルガーンに突き刺した。七人めの魔道士は、卒然《そつぜん》と悟った。なるほど、毒味か。さすが、衆人環視のなかで前王を殺して、トゥラーンの王位を簒《うば》った男だけのことはある。

もっとも、無益なことではあるが。

「私ごとき者の口を先につけますと、杯が汚れるのではございませぬか」

「おれはそんなことは気にせん。さっさと味見せい」

「では、おそれながら……」

グルガーンはイルテリシュの手から、うやうやしく杯を受けとると、いちど高くかかげてから、口もとに持っていった。

イルテリシュの凝視のもと、グルガーンは大きく夜光杯をかたむけ、馬乳酒——と称する液体を飲み下していく。蛮人の好む酒のまずさよ、と思ったのは、グルガーンの暗黒の胸中にわずかに残った人間性の欠片《かけら》であったかもしれない。それに比べてパルスの葡萄酒《ナビード》の香り高い芳醇《ほうじゅん》さときたら……。

「待て」

イルテリシュが片手をあげて魔道士を制した。

「もう味見は充分だろう。杯をよこせ」

グルガーンの飲みっぷりが、あまりにみごとだったので、イルテリシュは意外だったのである。

グルガーンは内心でイルテリシュの翻意《ほんい》ぶりをあざ笑いながら、神妙な表情で口から夜光杯をはなした。鄭重《ていちょう》にささげ持って、イルテリシュに差し出す。半ばイルテリシュは夜光杯をひったくった。味見などひと口でよいものを、三分の一近くも飲みほしおって、この欲ばりが、と思いながら。

トゥラーンの精鋭数万騎をしたがえて曠野《こうや》を疾駆し、数十人を斬って平然たる男が、一杯の酒に固執する。しかもグルガーンに飲むよう命じたのは、イルテリシュなのだ。彼は明らかに失調していた。

イルテリシュはグルガーンに劣らぬ飲みっぷりで、夜光杯を底まで空《から》にした。数瞬の間は、なつかしい草原の味に、脳も胃も甘美にしびれた。満足の溜息をつき、馬乳酒がもっとあるなら全部持ってくるよう命じかけたとき。

「ぐわッ」

濁《にご》った叫びが室内にひびきわたった。イルテリシュの手から夜光杯がすべり落ちる。よろめきつつ立ちあがったイルテリシュの足によって、それは粉々に踏みつぶされた。さらに叫ぼうとして、声にはならず、口からは正体の知れない液体が吐き出された。

「血なら紅《あか》いと思うたか？　蛇王さまの血は白いのだ。みごとかかったな、蛮人めが」

奇怪な笑声をたてたグルガーンは、すぐにそれをおさえると、指笛を鳴らした。醜悪な影が七つ八つ、薄闇のなかから出現する。大きな箱をかついだ有翼猿鬼《アフラ・ヴィラーダ》の一団であった。

その箱はデマヴァント山の地底に置かれていたものだ。人骨をもってつくられた、おぞましい柩《ひつぎ》。


そのなかに横たわっていた死者を、かつてイルテリシュは戦場で見たことがある。カイ・ホスロー以来とまで呼ばれた豪勇のパルス王。

「アンドラゴラス……？」

イルテリシュの声が、ひび割れた。魔人なりに、暗赤色の炎に満たされた世界で生きていても、この状況はあまりにおぞましかった。人骨でつくられた柩も、そこから起きあがりつつある死者も、その容姿も、草原の民として生まれたイルテリシュにとっては、醜悪で奇怪なものとしか思えなかった。

床に置かれた柩から起きあがった死者は、パルス国王としての礼装をしていたが、死して三年余、白骨化もミイラ化もしておらず、生前の姿を保《たも》っていた。奇怪に奇怪をかさねている。ただ顔色はありえないほど青黒く、両眼は火中の紅玉《ラアル》のごとく赤い。黒い唇がゆっくりと動いて、傲然《ごうぜん》たる声を吐き出した。

「予《よ》は蛇王ザッハークなり……」

「な、何を戯言《ざれごと》をほざくか。正気か、この人妖《ばけもの》めが……蛇王とやらは、デマヴァント山の地底に埋まっておるではないか」

イルテリシュの非人間的なまでの豪毅《ごうき》さでさえ、狂乱と困惑の渦にたたきこまれていた。彼はまた液体を口から吐きすてた。まるで、体内に残った人間性を排出するかのように。

グルガーンが勝利の叫びを放った。

「イルテリシュ、この御方こそ万物の支配者、天地の統治者、ありとあらゆる生物の御主君、蛇王ザッハークさまぞ。ひざまずけ、平伏せぬか！」

「アンドラゴラスか蛇王か知らぬが、こやつが万物の支配者などであるものか。笑止《しょうし》のかぎり……」

涎《よだれ》のごとく液体を口からしたたらせつつ、イルテリシュはなお完全には屈していなかった。よろめき立ちつつ、腰の剣に手をかける。内心、グルガーンは舌を巻いたが、余裕をもって、なりゆきを見守った。

イルテリシュの豪剣が、濁りきった流動物のような大気を斬り裂いた。この斬撃は、闘志や憤怒というより、恐怖や嫌悪の産物であったが、すくなくとも彼は逃げ出さなかった。

周囲の有翼猿鬼たちは、耳が腐るような奇声をあげて、床を跳《と》びはねた。

「死ね、人妖！」

イルテリシュが魂の底から戦慄《せんりつ》したのは、その瞬間であったろう。馬首を両断するほどの猛烈な斬撃を、アンドラゴラスは手で受けとめた。むき出しの刃を、アンドラゴラスは右の掌《てのひら》でつかんだのだ。

イルテリシュは咆哮《ほうこう》し、同時に素早く刃を引いた。アンドラゴラスの右手の指は、ばらばらになって床に落ち、掌は深く斬り裂かれて両断される。そのはずであった。

だが、アンドラゴラスは、必殺の白刃をつかむと、かるく手首をひねった。異音《いおん》を発して白刃がくだける。一滴の血も流さぬ手が、立ちすくむイルテリシュの咽喉《のど》へとのびた。

「お待ちくださいませ、蛇王さま」

魔道士グルガーンが両ひざを使って前《すす》み出た。

「この者は御役に立ちます。蛇王さまの軍勢を統率して、パルスを蹂躪《じゅうりん》するだけの力量を持っておりますれば、生かしておくほうがご利益と存じまする」

グルガーンの顔と声が、トゥラーン人に向けられた。

「どうだ、イルテリシュ、蛇王さまのご神威《しんい》がわかったであろう。その目で見、その耳で聴き、その全身で実感したであろうが。頭《ず》が高い。平伏してご慈悲を乞《こ》え！」

イルテリシュの両眼は、いまや不敵さと剛愎《ごうふく》さの光をうしない、恐怖と惑乱の深淵と化していた。まだ立ってはいたが、その間にも、蛇王の血はイルテリシュの体内を駆けめぐり、侵し、腐らせつつあった。そのたくましい身体が慄《ふる》え、上下の歯がぶつかって小さな音をたてる。

魔像のごとくたたずんでいた「アンドラゴラス」の黒い唇がふたたび開いた。

「予の兄弟は飢えておる」

魔像の両肩には、長く太い樹枝《じゅし》のようなものが生《は》えて、くねり、まがり、うごめいている。

「そこな両名の脳を喰《くら》わせて、腹を満たしてやろうと思うたが、それは寛恕《かんじょ》してくれよう。かわりに予に絶対的な忠誠を誓え」

さほど大きな声ではないのに、一言一語が雷鳴さながらにとどろき、壁のタペストリーがはためくほどの風が生《しょう》じた。満面を汗にぬらし、肩で大きく小さくあえいだ「トゥラーンの狂戦士」は、左足を一歩さげ、烈風に抗するように必死の形相で立ちつくしていたが、ついに限界がおとずれた。

瀕死《ひんし》の野獣にも似た弱々しい咆哮があがる。イルテリシュの両ひざが曲がり、両手が床につく。誇り高いトゥラーン人の頭がたれ、汗が床にしたたり落ちた。

イルテリシュの右後方で、レイラもひざまずいている。彼女もまた生来の健全さを奪われ、魔道の暗い泥沼でもがいていた。いまなぜこのような場所にいるのかわからず、考えると激しい頭痛におそわれる。その左手首には、銀色の腕環が鈍く光っていた。

かくして――。

西にミスル、西北にマルヤム、東北にチュルク、国内の地底より蛇王ザッハーク。北のダルバンド内海からはマルヤム水軍、南の海からはミスル水軍。空からは翼をはばたかせる蛇王の眷属《けんぞく》。

あらゆる方角に敵をひかえて、パルスはパルス暦三二五年十一月の終わりを迎えた。第一次アトロパテネ会戦より五年、アルスラーン王の即位より四年を経て、ひとまず敵でないといえるのは、東のシンドゥラだけであった。

ときに、アルスラーン王は十九歳となったばかりである。

戦旗不倒

第二章

蛇のうごめき

I

パルス暦三二五年十二月一日。

パルス王国においては、国難に殉《じゅん》じた四名の将軍――トゥース、ジムサ、ザラーヴァント、グラーゼに対して、万騎長《マルズバーン》の称号が追贈された。職工が彼らの名を金板に彫りこみ、王宮の壁に貼りつける。パルスあるかぎり、彼らの名は永遠に記録されるのである。

「なさけないな、エラム」

アルスラーンが歎《なげ》いた。

「こんなものでしか、彼らの献身と忠誠に報いてやれぬとは」

「陛下……」

「なあ、エラム、いったい私は何人の朋友《とも》を死なせれば、自分の理想を実現できるのだろう」

「陛下はまだ、歴代の王さまがたのほとんどよりお若いのです。ひとつひとつかたづけていらっしゃれば、よろしいかと存じます。亡くなった四人も、神々のお傍《そば》で見守ってくれるでしょう。それよりも、そろそろ王宮の改築をはじめなくてはなりませんが……」

アルスラーンは頭《かぶり》を振った。

「改築の必要はないよ。瓦礫《がれき》をかたづけて、清掃するだけでいい。もともと、この王宮は大きすぎた。取り壊《こわ》して小さくするだけでも、費用がかかる。その費用がかからなくなった。それだけはめでたいな」

さらにアルスラーンは考えて指示を下した。

「使える石材や木材は、被災者の共同住宅を建てるのに使用すること。最大の優先課題は、上下水道の復旧だ。こんなときザラーヴァントが生きていてくれたら、さぞはりきって工事を指揮してくれただろうに」

王宮全体の縮小に反対する者はいなかったが、意外なところに、注文をつける者がいた。

「あの塔と翼《よく》を失くしてしまうと、建築としての調和がうしなわれてしまう。どうも美的に問題があるな。ほれ、あのあたりに細い三階建ての塔を建てると、ちょうどいい」

誰も知らん顔をしていた。パルス王国において、宮廷画家《ナルサス》の発言が無視されるのは、きわめてめずらしいことであったが、特定の分野においては、例外であった。

いまや前代アンドラゴラス王の御宇《みよ》に較《くら》べて、王宮の規模は三分の一になってしまったが、それでもルシタニアの王宮ていどの規模はある。少年のころから野営に慣れているアルスラーンは、豪華な寝室ではかえって眠れなかった。

「自分が何であるか、は問題ではない。自分が何をするか、が問題なのだ」

アルスラーンはそう思うようになっていた。さんざん時間をかけて、そういう結論に達したのではない。じつのところ、そんなことを長々と考えている時間がなかったのである。

三年ほどの平穏と豊作は「アルスラーンの平和」を生んだが、つづく一年は噴火、地震、洪水、暴風雨などの兇事《きょうじ》におそわれ、「国王《シャーオ》に寧日《ねいじつ》なし」といわれるようになった。「アルスラーン王が地震をおこした」とは誰も思わなかったが、対処は必要である。

ファランギースが助言した。

「まっさきに病院と学校を再建しなくてはなりませぬが、とくに医師と教師を育成する学校を最優先なさいますように。医師と教師がいれば、建物ができる前でも、治療や授業ができましょう」

「ファランギースの進言には千金《せんきん》の値《あたい》がある」

そういってアルスラーンは喜び、ただちに実行にうつした。城内いたるところで、素読《そどく》をする子どもたちの声がひびくようになった。

「そんなに勉強したがる子どもがいるかねえ」

といった者もいるようだが、壁のない天井と柱だけの学舎《まなびや》で、子どもたちはたがいの無事を喜びあい、教科書を見せあい、歌ったり、ケンカをしたり、配られた薄パンを分けあったりして、街に活気をもたらし、成人《おとな》たちもその光景を見てはげまされた。

その光景を見た何者かが、『解放王治政下の一光景』と題する絵を描いて後世にまで遺《のこ》した。作者の名はあきらかではないが、「市井《しせい》の無名画家」とされているから、当時の宮廷画家ではないようである。

国王が率先して働いているから、下の者もそれに倣《なら》う。

「王宮の役人たちの歩きかたが速くなった」

と民衆は笑ったものだが、

「身分にかかわらず、政治についてよい思案があれば、遠慮なく申し出るように」

という布告が発せられて、民衆をよろこばせた。

当然、国王は謁見の時間が増える。単に、「王さまに会って親戚《しんせき》に自慢したい」などという迷惑な者もいる。決裁すべき書類はへらない。へるのは国王の睡眠と休息の時間である。心配した側近のエラムは、

「どうせ正面から申しあげても諾《き》くような御方ではないから」

といいつつ、不要不急《ふようふきゅう》の客を追い返したり、書類の山から無用のものをひそかに抜きとったりするのにいそがしかった。

アルスラーンにおとらず多忙なのは、会計総監のパティアスである。もともと仕事好きの人間でなければ、放り出していただろう。

「豊作がつづいてよかった。被災民たちに半年分の

食糧を配給した上、まだ二年分の余剰がある」

「しかし、収穫期にこの災厄だ。今年は期待できぬ。となると、二年分の余剰といっても、ぎりぎりだぞ」

「ミスルあたりから小麦を輸入せねばならんな」

「シンドゥラからは、米と雑穀類を……」

「さぞ足もとを見られるだろうな」

「それはもう、しかたない」

　ジムサやグラーゼという貴重な犠牲を払ったが、港町ギランから王都エクバターナへ運ばれた金銀は、パルスの財政に慈雨《じう》をもたらした。これがなければ国庫の破綻はあきらかだった。

　災厄と過労のつづくパルスを、周辺諸国は不気味な沈黙をもって包囲している。

　これらの国々や勢力は、たがいに同盟を結んでパルスを包囲しているわけではない。それぞれの利己的な欲望や、人ならざる存在《もの》の煽動《せんどう》により、各自が、かってに動いている。

　同盟は存在しない。したがって共同作戦もまた存在しない。ゆえに、かつてナルサスが口先ひとつで三ヵ国同盟軍を瓦解《がかい》させたような神技は使えなかった。かりに戦いとなれば、ひとつひとつ丹念につぶしていかねばならない。

　合理性のない戦争目的。協調性のないばらばらの戦略。それだけにかえって敵の動きが読めず、効率の悪い対応を強《し》いられて、パルス軍は未曽有《みぞう》の苦境に立つことになるのである。

Ⅱ

　市街を微行《おしのび》で見物してまわるのは、アルスラーン王の唯一の道楽といってよい。ことに大地震以後は、復興の視察もかねて、ときおり仕事の合間に王宮を脱《ぬ》け出した。お目付役のエラムは、本気で神々に祈ったものである。

「陛下のご趣味が微行ではなく、午睡《ひるね》になりますように。せめて今年だけでも」

ある日、明るい歌声と、それに和する子どもたちのにぎやかな声が王宮の裏手で聞こえた。アルスラーンが三歳ほどの幼児を抱いて路地を歩き、十人ほどの子どもたちがついて歩いている。なかには、おそれ多くも、国王陛下の長衣の裾《すそ》をつかんでいる者さえいた。

その姿を見て、エラムがあきれかえった。

「陛下、その子どもらは何でございます？」

「さあ、なぜだかついてくるんだ。この子たちに菓子をやって、帰してやってくれないか」

口うるさいエラムも、苦笑せざるをえない。

「将来の陛下の親衛隊でございますね。せいぜい厚遇してやりましょう」

そういって、チャンガーリーやらサマヌーやら、王宮にある菓子類を集めにかかるのだった。

復旧工事の兵士たちを監督する士官たちもいそがしい。

「もし、いま近隣の国々が侵攻してきたらどうする？　戦うどころではないぞ」

「まずは大丈夫だろう。そんな気配があったら、宮廷画家どのが絵筆をつかんで、陛下のおんもとへ飛んで来なさるさ」

「筆はいらんな」

「手足もいらんぞ」

「そうだな、首から上だけあればいいいて」

「お前の頭とつけかえたらどうだ」

千騎長や五百騎長級の武将たちは、宮廷画家ことナルサスを畏敬《いけい》している。ナルサスの権略《けんりやく》あってこその「不敗パルス軍」だと承知している。しかし、というか、だからこそナルサスの画才については、話の種にして笑いあっていた。完璧な賢才というものは、凡人にとってはむしろ忌《い》まわしいものなのであろう。

女神官《カーヒーナ》ファランギースの館には、しばしば各地の女神官や女神官志望者が訪ねて来る。ほとんど毎日、訪ねて来る者もいて、二十一歳になったアルフリードは、そのなかのひとりだった。もっとも、女神官ではないし、なる気もない。

「ファランギース、また神殿にいくのかい？」

「いや、今日は東の市場と城門あたりを見てまいる。陛下にはとうていおよばぬが、復興のようすを視察するていどのお手伝《てつだ》いはしようと思うてな」

「あ、それなら、あたしもいく」

「かまわぬが、最初の『あ』は何じゃ？」

「神々は小さなことは気になさらないよ」

ふたりの女将軍はゆるやかに馬を進めて市場へ向かった。馬をおりて群衆にまぎれる。ファランギースは食糧が充分に出まわっているのを確認して安堵《ほっと》し、アルフリードは宝飾店の店先を見て、心のなかで商品に値段をつけた。市場を出て、東の城門へ近づくと、旅の人や馬がつぎつぎと入城してくる。

「みな灰をかぶっておるな。デマヴァントの噴火は、よほどにひどいようじゃ。公路の修復が灰のせいで遅れねばよいが……」

「ファランギース、ファランギース」

「どうした、アルフリード？」

「あの旅の三人だけどさ」

ゾット族の若い族長の指が、東の城門から馬ではいってきた三人の旅装を指《さ》した。三人とも女性である。

「どうも、何だか、見たことがあるような気がするんだけどね。見まちがいかな」

美しい女神官はその方向へすこし目を凝《こ》らす姿勢をつくったが、すぐ感歎の声をあげた。

「アルフリード、そなたは鷹《シャヒーン》の眼を持っておるな。あれはたしかに、わたしたちの友人じゃ」

「やっぱりそうか。じゃ呼んでみよう。パトナ！　クーラ！　ユーリン！」

戦場で部下たちを叱咤《しった》するアルフリードの声は、遠くまでよくひびく。馬上の三人の女性が、はっきりと反応した。たがいに顔を見あわせ、二言三言《ふたことみこと》声をかわすと、たちまち馬首をファランギースたちに向けて、人々を蹴散らす勢いで駆け寄ってきた。

「ファランギースさま！」

「アルフリードさん！」

「わたしたち、もどってまいりました」

彼女たちは、亡きトゥースの三人の妻たちであった。夫が国王《シャーオ》をかばって壮烈な殉職をとげた後、遺体とともに故郷へ帰ったのだが、それほど日ならずして国都へ帰ってきたのだった。

「再会できてうれしいが、そなたたち、母上を故郷に残してきたのか？」

ファランギースが問いかけると、馬をおりた長姉《ちょうし》のパトナが表情を翳《かげ》らせた。

「母は亡くなっておりました」

「それは……」

さすがにファランギースも絶句し、アルフリードも神妙な表情で、いまにも泣き出しそうな三女ユーリンの肩を抱いてやる。

「それは気の毒であったな。だが、陛下より年金もたまわることとゆえ、墓を守って故郷で静かに暮らすことじゃ。たまには訪ねていくぞ」

「いえ、ファランギースさま、わたしどもが王都へ帰ってまいりましたのは、母の遺言あってのことでございます」

「遺言？」

「お前たちはまだ若い、世に埋もれるな、三人あわせてもトゥースさまの足もとにもおよばぬが、王都へ帰ってアルスラーン陛下のお役に立て。そういうことでございました」

「なるほど、では、疲れておろうが、王宮へ案内しよう」

若い娘たちを世に埋もれさせるのは、かわいそうだ。そういう母親の心情を理解して、ファランギースは無言で馬を前《すす》めた。

王宮は、突然の客で、にぎやかになった。

アルスラーンは三人に「万騎長夫人」の称号をあたえることとし、

「私の仕事は他人に称号をあたえるばかりだな」

と苦笑しつつ、三人の住居をどうするか考えた。

大地震でトゥースが死去した際、彼の館も崩壊してしまっていたので、妻たちが住む場所がない。

すっかり小規模化した王宮には、さすがにもう余分な部屋がなかった。ファランギースと、キシュワード夫人ナスリーンが、三人に住居の提供を申し出た。相談の結果、家族や兵士たちが同居するキシュワード邸より、独居《どっきょ》するファランギースの館に余裕がある、ということで、ファランギースの館に決定した。

「こちらの三人のほうが、アルフリード女卿より、女神官としての素質がありそうでございます。必要があれば、てつだってもらいましょう」

「あたしには、女神官としての素質がないの？」

と、アルフリードはむくれたが、

「アルフリードには、ミスラ神よりたいせつなものがあるだろう？」

アルスラーンの一言で、アルフリードは頬を紅潮させて黙ってしまった。

アルフリードの予定では、十八歳でナルサスと結婚するはずだったが、独り身を好む宮廷画家が逃げまわっているうち、月日が過ぎてしまった。怒るかと思いの外《ほか》、アルフリードは、おちつきはらっている。ナルサスの首に見えないナワをかけたと確信しているのだ。あとは時間の問題、というわけだった。まだ少女っぽい彼女は、希《ねが》いがかなうまでの時間を、むしろ楽しんでいるようでもあった。

ファランギースはやわらかな表情でつぶやく。

「それもよかろう……」

ほぼおなじ時刻、大将軍《エーラーン》ダリューンは、宮廷画家に呼びつけられて、彼の館を訪れていた。

「何の用だ？　おれの肖像画を描くなどと、おそろしいことをいわんでくれよ」

「ヒルメス殿下のことだ」

ダリューンは閉口した。

「あの傍迷惑《はためいわく》な御仁《ごじん》――名を聞くのは、ひさしぶりだな」

「まあ、すわれ、話がすこし長くなる」

「すわってやるから、酒を出せ」

いいながら、ダリューンは、秋の花々が咲き乱れる庭を正面に見ながら座についた。その座にすわれば、三方の壁に飾られたナルサス画伯の作品を見なくてすむからである。

ナルサスが諜者や交易商から聴取した話をひととおりすませる。ダリューンはたくましい肩をすくめた。

「されば、ヒルメス卿は、さんざん骨を折ったあげく、ミスルから追放されたというわけか。お気の毒ながら、自業自得。誰を恨むこともできまい」

「と思うか、ダリューン？」

麦酒《フカー》の大杯を手にしたダリューンが、剣呑《けんのん》な目つきで旧友をながめやった。ナルサスが言葉をつづける。

「あの御仁は、誰かを憎むことでしか、生きられなくなっている。ミスル人やルシタニア人もだろうが、何よりパルス人をな」

ダリューンが大杯を床に半ばたたきつけた。

「やはり、アルスラーン陛下を……!?」

「可能性は充分だ」

「さかうらみもいいところだ！　アルスラーン陛下が、ヒルメス卿に何かなさったか？　逆だろう！　もし陛下に手を出したりしたら……」

「だから、その前に始末したい」

ナルサスが口にした「始末」という言葉には、ダリューンを慄然《ぞっ》とさせるひびきがあった。自分の親友ながら、この男は、二百ファルサング（約千キロ）の距離をへて、異国の王を始末する気になれば、できる男なのだ。

「どうやって、始末する？」

つい声を低めてから、ダリューンは自分に腹を立てた。いかにも奸謀《かんぼう》をめぐらしているような気がしたからである。といって、大声で吹聴《ふいちょう》するような話でないのは、もちろんであった。

ナルサスの声は大きさも高さも変わらない。

「ミスル方面からの情報を総合するに、ヒルメス卿は海路マルヤムへ向かったらしい」

「船を使ったか」

「海神が気をきかせて、嵐でもおこしてくれれば、だれの手も汚れずにすむのだが、そうもいかんか」

自分の手を汚してもよい、と、ダリューンは思ったが、大将軍たる者がひとりでマルヤムまで出かけるわけにはいかない。

「いまマルヤムを統治しているのは、だれだ？」

ナルサスの一言で、ダリューンは納得した。現在、マルヤム国王と称して玉座にすわりこんでいるのは、パルスの怨敵《おんてき》ギスカールである。そのあたりの事情は、旧名ドン・リカルドこと白鬼《パラフーダ》とパリザードから聴いていた。

「なるほどな」

ダリューンはふたたび大杯を取りあげた。

「毒蛇とサソリを嚙《か》みあわせるわけか。あいかわらず、悪知恵のはたらくやつだ」

「気にいらん台詞《せりふ》だが、ま、怒るのもおとなげないので赦《ゆる》してやろう。さよう、ギスカールとヒルメス卿を嚙みあわせるつもりだが、ふたりとも甘い人物ではない。まったく逆の方向へ進む可能性がある」

「ふたりがまた手を組んで陛下をねらうと？」

「毒蛇とサソリは、あんがい性《しょう》があうかもしれぬでな」

「まことに、そう思うのか」

「もちろん、表面だけのことよ。共通の目的が達成された瞬間、双方が牙をむく。個人の武勇では話にならんが、包囲されて矢の雨でもあびせられれば、ヒルメス卿とて抗《あらが》いようもない」

それならいっそ自分が――そういいかけた若い大将軍を、宮廷画家は視線で制した。

「ダリューン、いっておくぞ。敵がヒルメス卿であれ、イルテリシュであれ、無益な一騎打ちは禁じる」

「何でここにイルテリシュの名が出てくる？」

「蛇王の陣営に加担《かたん》して以来、やつは神出鬼没だ。ザラーヴァントが王都で殺されたのを忘れるなよ」

「あれは特殊すぎる例だろう」

「何よりも、おぬしの個人的な武名より、アルスラーン陛下の御身がたいせつだからな」

「そんなこと、おれがわからないとでも思うのか」

「わかってはいても、忘れるかもしれんだろ」

ナルサスは一瞬、人の悪い笑みをたたえた。

「そもそも、一国の大将軍ともあろう身で、剣や槍を振りまわして、敵中に突入するつもりか。そんなことはイスファーンやキシュワードにまかせて、おぬしはアルスラーン陛下のお傍《そば》を離れるな」

「おい、陛下のお傍を離れずに献策するのは、おぬしの役だろう。おれが陣頭におれば、陛下のお傍に、敵兵どころか、虫一匹、近づけたりはせんぞ」

ナルサスはうなずき、ダリューンの背後にならぶ自分の作品を、愛情をこめてながめた。

「起兵以来、わがパルス軍はアルスラーン陛下のもとで勝利をかさねてきた」

「はじめのころ、チャスーム城を攻めたとき、ちょっと手こずった。あれくらいだな」

それにつづいて聖マヌエル城を陥落させたとき、アルスラーンはエステル・デ・ラ・ファーノと出会ったのだ。そのことはふたりとも口に出さなかった。

「アルスラーン陛下の人望は、善政と同時に、不敗の軍隊にある。トゥラーンは事実上ほろび、ルシタニアはたたき出された」

「チュルク、ミスル、シンドゥラは手も足も出ない。民衆は安《やす》んじている」

「じつは、それが問題なのだ、ダリューン」

「油断するな、といいたいのか」

「油断はともかく、不敗の軍隊が敗れたとき、一挙に人心が動揺するのが、おそろしい」


ナルサスの言葉に、ダリューンが、「くだらぬ杞《き》憂《ゆう》を」といいたげな表情をした。ナルサスがつづける。

「そもそも陛下の御宇《みよ》は、五年前、アルスラーン陛下、そのころはまだ王太子であられたが、陛下とおぬしがふたりだけでアトロパテネの戦場から脱出したことにはじまる」

ダリューンが腕を組んだ。

「他にいくあてがなかったのでな。好んでおぬしの家へ押しかけたわけではないぞ」

「押しかけたのは、自覚しているわけか」

「あれはエラムの料理を、アルスラーン陛下がお気に召した、それにつきる」

ナルサスはべつに反論もせず、自分の杯に口をつけた。ダリューンのものより、ひとまわり小さい。

「先ほど、無益な一騎打ちといったが、陛下をお守りするのは無益ではないからな、ダリューン」

「あたりまえだ」

「万が一、億が一にも、ヒルメス殿下の刃が陛下にせまったら、陛下をお守りできるのはおぬししかおらぬ」

「…………」

「キシュワード卿やクバード卿の力量は、ヒルメス殿下に劣らぬだろう。だが、ヒルメス殿下の怨念と憎悪は、技や力を超《こ》えるかもしれぬ。ヒルメス殿下を討ちとることができるのは、おぬしだけだ」

ダリューンは、かるく目を伏せ、声にわずかな翳りをふくませた。

「おれの手で、英雄王カイ・ホスローの正嫡《せいちゃく》の子孫を討ちとるのか」

「最後の最後には、やってもらわねばならん」

「返り討ちにされるかもしれんぞ」

「心配するな。そのときは、墓に、『役立たず、ここに眠る』と記してやる」

ダリューンは眉をしかめたが、何かに気づいたように問いかけた。

「文字で書くんだろうな」

「あたりまえだ」

「……だったら、しかたない。書かれないよう最善をつくす」

ダリューンは自信と決意をしめして力強くうなずいたが、ナルサスはなぜか釈然としない気分が残った。

Ⅲ

「い、一大事と存じます」

ころがるように走ってきた侍従のカーセムが、泡を噴かんばかりに報告した対手《あいて》は、城司《じょうし》として城内を巡視していたクバードである。

「何だ、ええと、カーセムだったな、お前はロバ百頭分、騒々しいぞ」

「そ、空をごらんくださ い」

「金貨でも降ってきたか、何の音もせんが」

「東北の空でございます。すぐ、すぐ、ごらんください」

どうやらカーセムには、クバードの揶揄《やゆ》に抵抗する余裕もなさそうであった。隻眼《せきがん》の偉丈夫《いじょうふ》は力強い眉をしかめたが、とりあえず馬首をその方角へ向けた。

「こちらです。城壁に上っていただかないと、まだわかりませぬ」

徒歩で駆けながら、カーセムの口は動きをとめない。城壁上へとつづく階段を上りきると、若い武将が振り向いた。忠実な若い狼が傍《そば》にいる。

「あ、クバード卿」

「イスファーン卿、足が速いな」

「あれをごらんください」

イスファーンは、すこしかたい表情で、天の一角を指さした。

東北の空が暗い。否、黒い。雲か煙か、青い秋天を喰《く》らいつくすかのような勢いで拡大している。いずれ王都の上空までのみこまれそうだ。

「あれはデマヴァント山の方角でございます。まことに不吉な……」

「わかっとる!」

クバードとイスファーンに同時にどなられ、狼の土星《カイヴァーン》にまでうなられて、カーセムは舌の回転をとめた。

デマヴァント山の標高は五千六百ガズ（約五千六百メートル）といわれるが、王都からの距離は百ファルサング。距離は遠く、王都との間に他の山々もあって、普段《ふだん》は、はっきりと見えるものではない。

クバードはかつてデマヴァント山の地底で、妖魔どもと死闘をくりひろげた経験がある。

「あの山域は広いが、地底の広さときたら、想像もつかん。おれはときおり、パルスの国全体が蛇王の地底帝国の上に載《の》っているのではないか、と思うことがある」

クバードがうなると、イスファーンが肩をそびやかした。

「それならそれでよし、どこを掘っても敵の領土に侵入することができるわけですから」

恐れる色もなく言い放つ。

「いつでも来《きた》れ、ということでござる。太陽の下、やつらの棲《す》む土地など、猫の額《ひたい》の広さもありはしませぬ」

「ふん、さすがにシャプールの弟だな。意気がいいことだ」

亡き兄を崇拝するイスファーンは、クバードを将軍としても戦士としても尊敬していたが、こうなると黙っていない。

「尋《き》きにくいのですが、あえてお尋きいたします。クバード卿と兄とは、あまり仲が良くなかった、ということですが、真実のところはいかがだったのですか」

「そりゃ虚言《うそ》だ」

「すると、じつは仲がよかった、と……」

「いやいや、『あまり』どころではなかったな」

口を開《あ》けるイスファーンを見て、クバードは哄笑《こうしょう》した。

「酒を飲めば、とっくみあい。酒を飲まなければ、にらみあいだ。悪いが、おぬしの兄貴を五十回はぶん殴ったぞ」

「失礼ながら、クバード卿は何回ほど兄に殴られました?」

「うーん、四十九回ぐらいかな。そう疑わしそうな表情《つら》をするな。おれはホラは吹いても虚言はつかんぞ」

ふたりは城壁をおりて左右に分かれた。クバードは工事現場へ直行する。イスファーンは前大将軍《エーラーン》キシュワードの邸宅を訪れて、遠慮がちに事の真偽を問うた。

「たしかにクバードは虚言はつかんよ。剣をとってもいい勝負だったたな。惜しい男をうしなったが、かわりにおぬしのような勇者を遺してくれた」

目に涙をにじませたイスファーンの肩を、キシュワードは労《いたわ》りをこめてたたいた。

そのころアルスラーンはエラムに茶《チー》をいれてもらって、ようやく休息をとっていた。

「エラム」

「はい、陛下」

「こういうとき、人は、人を超《こ》える力を欲《ほっ》するのだろうなあ。砂漠を緑の野に変え、破壊された家々を、あっという間に建てなおす……そういうことが修行によってできれば」

「陛下、お疲れでいらっしゃいます。休み休みなさっても、天罰は下りませんよ」

「いま、ふと思ったんだよ。英雄王カイ・ホスローは蛇王ザッハークを討つため挙兵したとき、どんな心情《きもち》だったのだろう、と。勇気と使命感、それに加えて、斃《たお》すべき敵と同等の力を欲したのではないかなあ」

アルスラーンは緑茶の香りを楽しんでから、ひとくちすすった。

「思えば、ふしぎだな。カイ・ホスローはなぜ蛇王ザッハークを殺さなかったのだろう」

「生かしたまま、デマヴァント山の地底に封じこめただけでございますね」

「殺せなかった理由でもあるのかな……いや、三百年以上、往古《むかし》のことで悩んでもしかたがない。ひと息いれたら、また仕事だ。エラムのお茶は、最初のときからずっとおいしいな」

「おそれいります」

ふたりが出あって、五年の月日がたっている。

「あのときエラムがつくってくれた料理ほどおいしいものは、二度と味わってないな」

「おそれいります。ですが、陛下とダリューン卿は、『空腹』という最高の調味料をお持ちでしたからね」

「その分を差し引いてもだよ」

「もっとおいしいものを、いつか王妃さまがつくってくださいますよ」

アルスラーンは苦笑した。

「エラムより料理がうまい女性がいるかなあ」

「いくらでもいますよ。私の母がそうでした」

「ああ……」

「王妃」と聞くと、アルスラーンは、王太后タハミーネのことを想い出してしまう。タハミーネが「偽の子」のために料理をつくってくれたことは一度もなかった。寂しかったが、いまは理解できる。タハミーネは自分の不幸に耐え、実子の運命を案じて、正気を保つのに必死だったのだ。

うかつに結婚などするものではない。アルスラーンはそう思うのだったが――。

「陛下？」

エラムが不審そうに主君を呼ぶ。アルスラーンが茶碗を両手ににぎったまま、いきなり笑い出したからだ。

「あぶないあぶない、エラムまで宰相《フラマータール》の一派になっているとは思わなかった」

エラムはあわてた。

「へ、陛下、それはちがいます。私はルーシャン卿としめしあわせてなどおりません」

宰相ルーシャンがアルスラーンに会うたび、結婚をすすめて国王《シャーオ》を閉口させているのは有名な話だ。

「わかってるよ。からかってるだけだ」

アルスラーンは笑いをおさめようとしたが、うまくいかなかった。エラムがひとつ咳《せき》をする。

「出すぎたことを申しあげましたが、臣下の大半が、陛下のご成婚を願っておりますこと、何とぞご考慮ください」

「臣下ねえ。ギーヴだったら何というかな」

「あの人を基準にしてはいけません」

エラムが断言すると、おさまりかけていたアルスラーンの笑声がまた強くなった。

「おぬしらを心配させて悪いが、当分、結婚の話は待ってくれ。十年後でも、おそらくはないだろう。いまは国内を安定させることが最優先だし、結婚しても相手に迷惑をかける」

このときアルスラーンの脳裏に、ルシタニアの女騎士《セノーラ》の姿が浮かんでいたであろうか。

「エラムは来年あたり、結婚したいか？」

これはまったくの奇襲だった。

「と、とんでもない、そんな気は欠片《かけら》もございませ
ん。まだ早うございます」

「私だって早い。もうすこし後年《あと》にするよう、ルーシャンに伝えておいてくれ」

そのとき、突然、周囲が白い紗幕《ヴェール》につつまれた。

「……？」

濃い空を見あげたふたりは、白い無数の点が地上に落下してくるのを見た。

瞬間、雪か、と思ったが、季節がまだ早すぎる。正体を知らせたのは音だった。かたく、乾いた音が四方をつつみ、アルスラーンは思わず声をあげた。

「雹《ひょう》か……！」

「殿下、こちらへ！」

ふたりは頭をかばいながら、屋内へ駆けこんだ。振りむくと、小さな石弾さながら、白い雹の滝が庭園に降りそそいでいる。

いささか調子はずれの声がして、文官服を着こんだ小男が駆けつけて来た。

「へ、陛下、ご無事であらせられましたか。この忠臣カーセム、もう心配のあまり、心臓が停まるかと思いましたぞ。いや、危のうございました」

「おおげさにすぎるぞ、カーセム」

エラムがたしなめる。

「いやいや、エラム卿、雹を軽く見てはいけませんぞ。こう、子どもの拳《こぶし》くらいの大きさのものまでございますからな」

カーセムの能弁を証明するように、ひときわ大きな雹が庭に落ちた。そのまま割れない。

「しまった……！」

アルスラーンが小さく叫んだ。

「これだけ雹が降ると、農作物に大きな被害が出る。対策を練らなくては。誰か、ルーシャンを呼んで来てくれ」

「誰かといわず、私めが」

声を残して、カーセムが走り出す。いつのまにやら、カーセムはアルスラーンの宮廷で、便利屋として重宝されるようになっていた。

あれもいちおう人材といえるのだろうな。カーセムの後姿《うしろすがた》を見やって、エラムは思った。

Ⅳ

頭上にひろがる雲が黒かろうと白かろうと、旅人には関係なかった。そう思っていたのだが、手綱をとる手や肩が灰色に染まっていくのが見えると、形のいい眉をしかめた。雲から降ってきたのは雨や雪ではなかった。

「ちっ、灰が降ってきたか」

旅人は舌打ちし、灰を手で払った後、かるく二度、咳《せき》をした。砂塵より性質《たち》が悪い。眼や咽喉《のど》にはいりこんで、美貌も美声も傷めてしまう。まあ、「悩める美男子」の姿も、乙女ごころを惹《ひ》きつけるだろうが……。

　旅人は鞍《くら》の横にかけたシザル麻の袋に手を突っこみ、何かを取りだした。頭巾《ずきん》つきの外套で、シンドゥラ産の木綿でつくられており、きわめて軽い。

　旅人は一騎だけではなかった。剣をおびた同行者が左右に半馬身おくれて二騎したがっている。旅人は単騎行《たんきこう》を好んだので、同行者がいること自体、あまり愉快ではなかったが、勅命によるものゆえ、いたしかたなかった。

　三人は王都エクバターナより東方へ派遣され、大陸公路とその南北の広大な地域を視察して、その帰途にあった。

　旅人は赤っぽい頭髪に緑色の瞳をしたパルス人であったが、同行者たちは異《こと》なっていた。ひとりはシンドゥラ風にターバンを頭に巻き、肌は褐色をしている。いまひとりは、髪も口髭《くちひげ》も白いが、両眼は鋭く、体格はたくましく、とうてい老人とは思えない。

パルスは東西南北からあらゆる人種と民族が集まり、通過していくが、この三騎ひと組はさすがに異色で、いきかう人々はつい視線を向けるのだった。

　もし視線を向けたのが若い女性ででもあったら、赤髪緑眼の若い旅人は、陽気な視線を返して、軽快な口笛を吹いてみせることまであった。

「そろそろソレイマニエだ。ひと休みしていこうか」

　誰ともなく発案して、三騎は低い土塀《どべい》にかこまれた街へはいっていった。復旧もかなり進み、人、馬、ロバ、ラクダの姿も増えてきている。市場へと向かっていると、広場に立つポプラの樹の下に、七、八十人の男女が集まっていた。

「いいか、よく聴け、皆の衆」

　旧《ふる》い神官の服をまとった中年の男が、低い台の上から人々に呼びかけている。

「王都エクバターナでは地震がおこって、何千人もの死者が出た。デマヴァント山は、あれ見よ、魔性の黒煙を吐き出して、天をのみこもうとしておる。このところ、パルス全土で不吉なことばかりおこる。これは何が原因と思うぞ、皆の衆⁉」

痩《や》せて黒い顎鬚《あごひげ》を細長くのばした男に、聴衆のひとりが声を返す。

「神々のお怒りかね？」

「そう、それじゃ！　よく聴けよ、皆の衆、神々が怒りたもうて、パルスの国と民に警告をあたえておわすのじゃ。悔《く》いあらためるなら、いまのうちじゃぞ！」

「だけど、何で神々が、おれたちを罰しなさるだね？　おれは何も悪いことをした自覚《おぼえ》はないが」

「隣家《となり》のフールグの家の姉娘に、ちょっかいを出しているだろうがよ。女房がいるくせして、この好色漢《すきもの》が」

思わぬ告発で、聴衆の男は狼狽《ろうばい》した。

「ば、ばか、あれは向こうから言い寄ってきたんだ、おれは迷惑してるんだぞ」

「まじめに聴かんか、皆の衆」

神官らしい男が一喝する。聴衆は静まって、ふたたび彼の演説に耳をかたむけた。

「神々はそんな小さなことで、地震をおこしあそばすほど、お暇ではないわ。この不吉な一連のできごとは、もっと大きな、もっと巨大な悪が地上にはびこっておるから、それが原因なのじゃ」

聴衆はたがいに顔を見あわせた。

「悪っていったって……」

「ルシタニア軍が攻めこんできたときに較べりゃ、食物も奪《と》られないし、夜は安心して眠れるし……」

「ええい、蒙昧《もうまい》な者どもめ。これほど大きな悪が、地をおおっているのが見えぬか」

神官らしい男は、裂けるように大口を開く。

「国王こそが元凶なのじゃ！」

民衆がざわめいた。「いまの王さまのどこが悪い?」と叫ぶ者もいる。

「いいか、皆の衆、パルス国の建国の祖は、そも、どなたさまにあらせられるか?　三歳児《みつご》すら知る、かの英雄王カイ・ホスローさまにあらせられるぞ。そして歴代の国王は英雄王の高貴な血を引く王家の方々と決まっておった!　神々がそう定められたのじゃ。然《しか》るにいま……」

息をのむ民衆を、神官らしい男はえらそうに見まわした。

「然るにいま、至尊《しそん》なる玉座にすわっておる者はだれか。資格なくして国王《シャーオ》を僭称《せんしょう》する不敬者はどやつか。それはアルスラ……」

激しく、ものをたたきつける音がした。神官らしい男の口もとが紅《あか》く染まり、かじりかけの林檎《スイーブ》と、折れた前歯が台上にころがる。

わっ、と叫びをあげて、神官らしい男は大きくのけぞった。台からころげ落ちそうになる。弟子らしい男たちが、あわてててささえる。

神官らしい男は、唾と血を吐き出して、わめきたてた。

「だ、誰ぞ、神々の使者に対して何たる不敬!」

「通りすがりの楽士だ」

赤毛の旅人が馬を進めてきた。両眼から放たれる光は、冷たい刃の光と、紅く燃えあがる炎を両方たたえて、いかにも危険そうだ。

「うらめしそうな面《つら》をするな。それ以上、きさまがその方の御名を口にしたら、おれは生かしておかん。歯が折れたぐらいですんだのを、ありがたく思えよ」

神官らしき男は、楽士と称した男、つまりギーヴの眼光に慄《ふる》えあがり、紅くなった口もとをおさえて、台から飛びおりた。群衆にまぎれて逃げ出すのを、弟子たちが追っていく。群衆も四方へと散っていった。

「あきれたものだ」

　白いターバンを頭に巻いたジャスワントが溜息をつく。

「蛇王ザッハークとやらの一味ならともかく、パルスの神々につかえると称する者までが、陛下を誹謗《ひぼう》するとは、何を考えているのか」

　白髪の男が応じた。

「天災では、誰を怨んでいいかわからんからな。あいうやつは、ルシタニアにもいた。説教で食っているあさましいやつらだ」

「しかし、やっかいでござるな」

　きまじめなジャスワントが、きまじめな表情と声で憂《うれ》えた。

「天災がつづけば、民衆は、神々に対して不信をいだく。神官どもは、自分たちに向けられた不信を、陛下に転嫁《てんか》する。あれほど国政に心血《しんけつ》をそそいでおられる陛下を悪者にするとは！」

「ふん、しょせん特権を奪われた連中の泣言《なきごと》よ。やつらをまとめて統率する指導者がおるでもなし、気にはくわんが、そう大事でもあるまい」

　白髪の男パラフーダが、ふたたび口を開いた。

「いや、あなどらぬがよいぞ、ギーヴ卿。どこの何者とも知れぬような人物が、混乱に乗じて、いつのまにやら叛乱の指導者になった例は、ルシタニアにもいくつもある。王都に帰ったら、報告すべきだろうな」

　ギーヴは無言で左手をあげようとしたが、かじりかけの林檎を投げつけたのを想い出して、いっそう不機嫌な表情になる。

　パラフーダが白髪をかきあげた。

「ま、おれは、蛇王はもちろん、パルスの神々にも義理はない。ただアルスラーン陛下に忠実におつかえするだけだ」

「そうとも、それとエステル卿。おぬしが陛下のお役に立てば、彼女も天国で喜んでくれるだろう」

ジャスワントにいわれて、パラフーダは溜息をついた。

「あの女《ひと》が、おれの人生を変えてくれたな。まさか、故郷を離れて、遠いパルスで怪物どもと闘うことになろうとは思わなかった」

「そいつは、おれもおなじだ。シンドゥラで生きて、シンドゥラで死ぬつもりだった」

ふたりの異国出身者の会話を聞いていたギーヴが、意地悪そうに笑った。

「おぬし、陛下におつかえするとき、申しておったな。もしパルスとシンドゥラとが戦うようなことがあったら、シンドゥラ人として生国《しょうごく》のために闘う、と」

「そう思っていた」

「実現せずによかったな」

パラフーダの声に、ジャスワントがうなずく。

「まったくだ、神々のおかげだ」

耐えかねたように、ギーヴの笑声が高くなる。

「たしかにそうだな。パルスとシンドゥラが戦うことになれば、おぬしはあのラジェンドラ王のために剣をとることになるからな。死んでも死にきれまいて」

ジャスワントは怒るに怒れず、苦笑して鞍上《あんじょう》の灰を手で払う。白昼であるのに、いまや空は灰色の海と化しつつあった。

V

政務にはげむ者がすべて名君や名臣であるとはかぎらない。ただ、他人の目からはそう見えやすいし、演技にもすくなからぬ効果がある。

パルスの東の隣国シンドゥラにおいては、国王《ラージャ》ラジェンドラ二世陛下が、「苦労王」という称号を永遠不滅のものとするため、努力のさなかだった。シンドゥラはこれからもっとも快適な季節を迎える。シンドゥラ暦三二六年十一月、「心の兄弟」アルスラーンと知りあってから、ほぼ五年、ラジェンドラは二十九歳である。

ふたりの美しい宮女が、孔雀羽の大きな団扇《うちわ》から涼しい風を送る。ラジェンドラは黒檀《こくたん》の机に積みあげられた書類の山を、おごそかな態度で処理していった。署名し、年月日を記し、国璽《こくじ》を押す。見るからに名君らしい。

「農業も交易も、悪くない数字だな。ああ、芸香《ヘンルーダ》もあいかわらずよく売れとるようだ」

「はい、陛下、それどころか、昨年売れのこった芸香を乾燥させて倉庫に積んでおりましたものまで、売りきれましてございます」

「ほう」

「絹《セリカ》の国向けの商品まで、一割増しで売れております」

「けっこうけっこう」

上機嫌にうなずいてから、ラジェンドラはわずかに首をかしげた。

「けっこうではあるが、ちと話がうまくいきすぎているような気もするな。売れて歎く筋合《すじあい》でもないが、パルスはそれほど芸香が必要なのか」

「陛下、それにつきましてご報告申しあげたい儀《ぎ》がございまして……」

「アサンガか、申してみよ」

「おそれいります。まず、これをごらんくださいませ」

書記官が差し出した書類を受けとって、ラジェンドラは、再三、見なおした。

「米と雑穀の輸出高だな。増えていてけっこう……にしても、ちと急増しすぎているようだが」

「すべてパルスへの輸出でございます」

「ふうむ」

ラジェンドラの脳裏で、打算の算盤《アバクス》が珠《たま》の音をたてはじめた。パルスは本来、シンドゥラにまさるほどの穀倉をかかえた国だ。よほどの事情がないかぎり、目につくような食糧の輸入などしない。イナゴの大群でも発生したのであれば、シンドゥラにとっても自然の脅威である。

「おそれながら、陛下、お客さまがお待ちでございます」

「客?」

「チュルク仮王のカドフィセスさまでございます。ご面談のお約束がおありだそうで」

「……ああ、そうだったな。もうそんな時刻か」

水時計に目をやると、正午をすぎている。

「やれやれ、今日もよく働いた」

満足したラジェンドラは、左手で右肩をたたきながら執務机から立ちあがった。カドフィセスとの面談が終われば、あとは午睡《ひるね》と宴会が今日の政務である。名君たる者、休むべきときには休んで英気をやしなわねばならない。

執務室にはいってきたカドフィセスは、挨拶《あいさつ》もそこそこに、最上質の紙でつくられた書状を差し出した。

「我《われ》カドフィセスがチュルク国王として即位したあかつきには、平和的かつ無償で、ペシャワール城をシンドゥラ国に譲渡することを誓約するものなり。両国の神々に誓約す」

よしよし。ラジェンドラは笑顔でうなずいた。カドフィセスのほうは、賓客《ひんきゃく》の座に着きながら、あまり泰然とはしていなかった。左を見、右をながめ、人影を見ては身動きする。今日も美女サリーマに会える、と思って来たのであろうが、そう易々《やすやす》と何度も会わせるわけにはいかない。

「よう来られた、カドフィセスどの、すでに昼餐《ちゆうさん》の用意ができておるゆえ、接待させていただきますぞ」

「かたじけない……」

「ふたりしてこのよき午後を楽しもうではござらんか」

「あの……今日は他のお客は？」

「午前中に客とあうのはすませた。カドフィセスどのが来られるのでな。あ、いやいや、サリーマどののことなら心配ご無用。カドフィセスどののため、ますます美しさに磨《みが》きをかけておりますぞ。まこと、カドフィセスどのは果報者よ」

軽薄な男と思われているラジェンドラだが、本人は最大の演技力で、誠意と好意をこめたつもりである。実際、五、六年前には、ラジェンドラはサリーマと結婚する可能性があったのだ。

サリーマは、シンドゥラの世襲宰相《ペーシュワー》マヘーンドラの娘であったから、おさないころから王宮へ出入りし、ラジェンドラやガーデーヴィとも親しくなった。ふたりの王子も、まだ無邪気な齢《とし》ごろだったから、かわいいサリーマに夢中になり、花をつんでやったり、樹の枝から飛びおりるのを受けとめてころんだり、菓子を分けあったりした。

三番めの点については、ラジェンドラには残念な想い出がある。サリーマにこっそり大量に持ってってやるつもりで、彼は口いっぱいに砂糖づけ果物《ノクル》や干葡萄の蜜漬けをつめこんでいった。サリーマの前で大口をあけて菓子をとり出し、わたそうとしたが、サリーマはかわいい眉をしかめて、「きたないわ」といい、ラジェンドラを落胆させた。思えば、あのころからラジェンドラは苦労が報われない運命だったのだ——だが、いまは感傷に酔っている場合ではない。

「じつはな、サリーマどの、貴女《あなた》をチュルク国の女王にしてさしあげようと思うのだ」

　表情を変えずに、サリーマは質《ただ》した。

「女王でございますの？　王妃ではなくて」

「うむ」

「ありがたきおおせながら、それは、カドフィセスさまもご承知のことでございましょうか」

「いや、あとまわしにしてある。そもそも、わが国、わが軍の力のみを頼みにしながら、国王になろうとは、いささか甘すぎる。あの男は女王の夫君殿下《カラマーム》で充分。玉座の主はそなたじゃ、サリーマどの」

　ラジェンドラが「午前中の客」といったのは、サリーマのことだったのだ。

「カドフィセスと申してな、チュルクの王位継承権を持つ人物ということはすでに話したが……」

　ラジェンドラは説明した。

「それが、まあ形だけの王なら、と思っておったのだが、それもどうかと思うようになってな」


　ラジェンドラも勝手なもので、彼にすっかり調《ちょう》略《りゃく》されているカドフィセスが、しだいにたよりなく思えてきたのである。

　まったくのところ、サリーマをカドフィセスに「くれてやる」のは、ラジェンドラにとって嬉しいことばかりではなかった。ひとつ運命がくしゃみでもすれば、彼女はラジェンドラの妻となり、シンドゥラ国王妃となっていたはずなのだ。

　異母兄弟のガーデーヴィと彼女をあらそって敗れたとき、ラジェンドラは落胆と悔《くや》しさのあまり、午睡もできなかった。単に恋だの愛だのの問題ではない。当時《とき》の国王カリカーラ二世につぐ実力者マヘーンドラが、ガーデーヴィに愛娘《まなむすめ》をあたえたのだ。つまり、次期国王となるのはガーデーヴィのほうだ、と見こんだわけである。マヘーンドラの人生における唯一の、そして致命的な失敗であった。

　マヘーンドラに怨《うら》みはない。自分がマヘーンドラであってもそうしただろう、と、ラジェンドラは思う。ただ、一時でもサリーマと敵味方の関係になったのが、残念でもあり、弱みでもあった。

「女王としても、惜しいなあ……」

カドフィセスと結婚させるのは、いったん決めたはずのことなのに、ラジェンドラは名君らしくなく、迷いを復活させていたのである。

考えてみれば、カドフィセスをチュルク国王に就《つ》けてやるだけで、充分な恩をあたえることになるのだ。先方から希《のぞ》まれたわけでもないのに、こちらからシンドゥラ屈指の美女をくれてやる必要はなかった。気前がよすぎた。

「恩や貸しは、あたえすぎても害になる、ほどほどにせよ――という教訓もあったな」

ラジェンドラの頭脳は、つごうのよいときに、つごうのよい警句《けいく》を、つごうのよい場所から引っぱり出してくることができるのだった。


王宮を出て館へと街を進むサリーマの一行を凝視する人物がいる。馬上ゆたかな雄姿は将軍バリパダであった。

「おう、あれがサリーマさまか」

幾年も東方国境で攻防をつづけてきたバリパダは、サリーマを見るのがはじめてではなかったが、当時の彼女はまだ少女であった。そのころのサリーマは清純であったが、いまは華麗であり、絢爛《けんらん》としていた。冬の太陽よりかがやかしい。

バリパダは茫然とサリーマの後姿《うしろすがた》を見送った。その両眼には、正視を避けさせるものがあった。ミスル国において、テュニプが孔雀姫《ターヴース》フィトナに向けるより、よりいっそう危険な光が。

Ⅵ

翌日、ラジェンドラ二世は、「苦労王」という自

称を変えたくなった。気まぐれでも笑話でもなく、「苦悩王」と改称したくなったのである。

「おお、シンドゥラの偉大な神々よ。あなたさまがたの忠実な下僕である私めが、どのような罪を犯したというのでございましょうか。何とぞ罪なきあわれな信徒を、不当な苦しみより救いたまえ」

シンドゥラの神々は、パルスの武将たちより寛大であったらしく、石や唾《つば》はどこからも飛んでこなかった。そのかわり、頭と胃が不快な痛みをもたらしてくる。即位以来、空前の大事件である。

「それにしても、バリパダめ、まさか、よりによってサリーマに惚《ほ》れるとは。このおれでさえ、怺《こら》えに怺えて、彼女をカドフィセスにくれてやろうと決意したものを。ええい、どうしてくれようか。まさか敵にはまわせんし」

首を振りながら、ラジェンドラはうめいた。「たかが女」などと放言することはできない。かつてパルスにおいて、オスロエス王と弟のアンドラゴラスとの仲がこわれた理由も、「たかが女」ではなかったか。

東方国境を安定させたバリパダの功績に対して、ラジェンドラは気前よく酬《むく》いたつもりである。上将軍《ミールバフシー》の称号をあたえ、太守《ミンダール》に叙任し、貴族《アムディー》に列した。ここまでは無料《ただ》であるが、さらに金貨一万枚と象牙三百本を下賜《かし》したのは、異例といってよく、若く美しい女奴隷を十人贈ったのは、奇蹟というべきだった。

パルスからの使節団が金貨三万枚を贈呈して帰国した後、さっそくラジェンドラは王宮にバリパダを呼びよせ、文武百官の前でバリパダを賞した。絨《じゅう》毯《たん》の上に円座を置いて、そこにすわらせただけでも、破格の名誉である。

そこまでは順当だったが、ラジェンドラが玉座の上でひっくりかえりそうになるまで、長い時間はかからなかった。国王《ラージャ》の激賞を聴きおえたバリパダは、円座にあぐらをかき、両手を床につけた姿勢で言い放ったのである。

「陛下、ご配慮のかずかず、御礼の申しあげようもございませぬ。なれど、臣は、爵位も金貨も欲《ほっ》しませぬ。心より希《ねが》わくは、前《さき》の世襲宰相《ペーシユワー》マヘーンドラどのの御令嬢サリーマさまを娶《めと》らせていただけますよう。伏してお希い申しあげまする」

バリパダの思いつめた表情は、真剣というより深刻であった。敏感にそれを察したラジェンドラは、心中、手足をばたつかせてあせった。

「やばい、まずい、あぶない。バリパダめ、予とふたりだけの時ならともかく、文武百官の前で口に出しおるとは、油断ならぬやつめが」

もしサリーマをバリパダにあたえたら、「国王たる者が約束を破るのか」と非難されるであろうし、当然カドフィセスにも怨まれる。といって、サリーマをカドフィセスと結婚させたら、逆上したバリパダがどのような行動に出るか、量《はか》りしれないものがある。何しろつい先日、パルスからの使者、よりによって猛虎将軍《ショラ・セーナニー》ダリューンに向かって矢を射かけたほど、闘争心の強い男なのだ。

文武百官は息をこらして事態を見守った。

事の理非《りひ》からいえば、バリパダのほうが身を退《ひ》くべきである。すでにサリーマはラジェンドラの媒酌《ばいしゃく》で、カドフィセスに嫁《とつ》ぐとさだまっているのだから。

「しかし、恋だの愛だのという代物は、理非善悪の外にある病だからなあ。治療する薬があれば、よけいな苦労もせんですむのだが」

そのような次第で、ラジェンドラは、神々に祈るはめになったのである。

「バリパダよ、おぬしには気の毒だが、サリーマどのは、すでにカドフィセス卿と婚約した身。いさぎよくあきらめて、祝福してやるのが、男の度量というものだぞ」

面と向かって、バリパダをそう諭《さと》してやることができれば、ラジェンドラはたしかに名君ということになるだろう。だが、このあつかましい青年王は、このところバリパダに対して、何となく隔意《かくい》をおぼえていた。恐怖、猜疑《さいぎ》、不安とまではいかないが、いわば、晴れわたっていた空が薄ぐもりに変わってきたような案配《あんばい》であった。

いずれにしても即答できるような話ではない。

「陛下」

「う、うむ」

「過分な望みとは承知しております。されど、このバリパダ、恩知らずではございません。願いを諾《き》きとどけていただけますれば、身命《しんめい》を賭《と》して陛下のおんために働きます。チュルクはおろか、パルスをも陛下の領土として献上いたす所存にございます」


こういう壮大な話を聴くと、たちまちラジェンドラの理性はよろめくのだが、かろうじて踏みとどまった。たとえ彼でも、用心が欲を上まわる場合があるのである。

さすがにバリパダは即答を求めなかったので、ラジェンドラはいったん彼を帰し、頭痛がおさまったところで変装して王宮を忍び出た。当のサリーマの家へ相談に出かけたのである。善悪はともかく、大胆な行動ではあった。

「……というわけなのじゃ。サリーマどの、どうしたらよいとそなたは思う?」

「ラジェンドラ陛下の御意《ぎょい》のままに」

「そういうと思った。しかし、予の御意は眠りこんでしまって、起きてこんのだ」

「お午睡《ひるね》ですの?」

「……まあ、そんなところだな」

答えながら、いくら何でも「午睡王」という異名はいやだな、と思うラジェンドラであった。国王の突然の微行《びこう》におどろいたにせよ、サリーマのほうは表面に出さない。

「女が政治に口を出すのは、国が乱れる原因《もと》と申します」

「そんな旧弊《きゅうへい》なことを申している場合ではない。だいたい、この国には、ろくな男がおらんわ」

「では、このようになさってはいかがでございましょう」

サリーマが身動きしたので、円座にあぐらをかいてふてくされていたラジェンドラは、思わず姿勢をただした。その耳にあでやかな紅唇《こうしん》を近づけて、サリーマは何やらささやいた。

「いかがでございます、陛下？」

「名案だ。予とそなたにとってはな」

ラジェンドラは、大きく二度うなずいた。

「だが、バリパダとカドフィセスにとってはどうだろう。まあ、バリパダが負けるとは思えんが、カドフィセスとて凡愚《ぼんぐ》ではなし」

「受けない者は、臆病者といわれましょう。わたくしも、そのていどの殿方《とのがた》に嫁《とつ》ぎたくはございませぬ」

「もし双方が拒《こば》んだら？」

「たがいに剣をとって闘わせればよろしゅうございます。五年前の神前決闘《マディラカーニャ》のように」

「あ、ああ、あれか」

サリーマの平静さに較《くら》べて、ラジェンドラは狼狽《ろうばい》を禁じえなかった。シンドゥラ国の歴史が変わった一件。ラジェンドラはパルスの「猛虎将軍《シヨラ・セーナニー》」のおかげで勝利の果実を手にいれたが、サリーマは父親と夫をうしなったのである。

かなり長く考えこんだ末、ラジェンドラはうなずいた。

「よし、わかった、サリーマどのがそういうのなら、ご忠告にしたがおう。いや、やぼな用件を持ちこんですまなかった」

こうして右往左往《うおうさおう》のあげく、ラジェンドラはあらためてサリーマの処遇をさだめた。さんざん迷い悩んだように見えるが、じつは彼の態度は一貫してゆらいでいない。自分が損をせず、責任が最小限度ですむこと。これこそがラジェンドラの不動の行動原理なのである。

「後刻《のちほど》、絹と伽羅《きやら》をとどけさせる。謝礼として受けとってくれ」

「陛下、何とぞそのようなご配慮はご無用に……」

「いや、いやいや、予がそうしたいのだ。ぜひ受けとってくれ。では失礼いたす」

ラジェンドラはあわただしく礼をほどこし、白馬にまたがって王宮へともどった。ただちに、絹と伽羅をサリーマのもとへ送るよう侍従に命じると、執務室にこもってしまう。書記官のアサンガが、侍従たちに昼食を運ばせてきたが、

「食うどころか、見る気もせぬわ。予が見たいのは、べつのものだ」

「それは何でございましょう」

「決まっておろうが。チュルク国王カルハナの生首よ」

この時点で、ラジェンドラはまだ知る由《よし》もない。カルハナ王がトゥラーンの魔将軍《ガウマータン》イルテリシュに殺害され、すでにこの世の者でないということを。

「カルハナの生首は食べられませぬゆえ、ぜひお食事を。臣下一同、心配いたしますし、お身体《からだ》にさわります」

「ん？　そうか、臣下に心配させるのは名君の道ではないな」

気分を変えて、八種類のカリーに三種のナン、仔羊のカバブ、鶏肉《ダンサク》と野菜の炒めもの、グリーンマンゴーのシャーベットなどをたいらげていると、グー

ティという将軍が参上して、パルスの状況を報告した。

「きわめて広い範囲に黒い霧がたちこめ、よく状況がわかりませぬ」

「斥候《せっこう》は出したのであろう？」

「十二名出しました」

「よろしい、で、報告は？」

「ございませぬ」

ラジェンドラの眉が上下に動いた。

「まだ帰って来んのか」

「御意」

「ひとりも？」

「ひとりも、でございます」

うーん、と、ラジェンドラは腕を組んでうなった。

名君や英雄といえども、地上の万象《ばんしょう》を見ぬくことはできぬ。まして、欲がからむと、冷静な判断はより困難になる。ラジェンドラは、ライムのジュース《ニンブパニ》を飲みおえて独語《どくご》した。

「ま、すこし、ようすを見てみるとするか」

Ⅶ

大男が二名、それぞれに大皿をささげ持って、謁見の間にはいってきた。赤い短衣と帽子、白い短袴《パンツ》と室内靴は、チュルクの宮廷奴隷が着用するものである。ふたりの宮廷奴隷は、顔を鉛色にし、全身をこまかく慄《ふる》わせ、目に見えぬ恐怖の鎖につながれたかのようであった。発した声は、ひきつっている。

「お、おおせのごとく、運んでまいりましたなれば、何とぞご確認のほどを」

玉座に座した男は、奴隷たちもおよばぬ体格の偉《い》丈夫《じょうふ》であった。紅《あか》い両眼、紫色の唇。両肩には人間の身体の一部ではありえないものが、ゆらゆらと揺動している。

「たしかに、人間の脳であろうな」

大皿には半球形の蓋《ふた》がかぶせられており、外からは内容物が見えない。

「は、はい、たしかでございます」

「誰のものか」

「今朝、死刑を執行したばかりの兇悪犯が三名おりましたので、若いほうの」

「ふん、まあよい。蛇は人の身分を選ばぬ」

アンドラゴラス——の形をした男——が指を鳴らすと、左右の肩からいまわしい蛇身が伸びて、大皿にかぶさった。蓋をはねのける。金属と大理石がぶつかる音が、不吉にひびきわたった。

「イルテリシュよ」

「御前に」

玉座の右側から足を運んで、ふたつの蛇頭の間にひざまずいたのは、かつてトゥラーンの若き猛将として雷名をとどろかせた男であった。


「明日の食事の用意をしておけ」

「御意《ぎよい》」

イルテリシュは奴隷たちに向きなおった。彼の体格自体は大男の奴隷たちにおよばなかったが、全身から立ちのぼる烈気《れつき》と妖気は、奴隷たちを圧倒した。おびえた表情でしりぞこうとして、アンドラゴラスの視線に射すくめられる。慈悲を乞《こ》い求め、かろうじて口を聞こうとしたとき。

イルテリシュの腰から直刀が鞘走《さやばし》る。

本能的に危険をさとった奴隷のひとりが、「わわッ」と叫んで身をひるがえそうとした。それと同時に剣光が最短距離を奔《はし》る。両眼と口を大きく開いたまま、罪もない奴隷の首は、宙を奔る血の急流に乗って床の上を飛んだ。

「ひいい……助けて!」

その間に、いまひとりの奴隷は、つんのめるように床の上を走っていた。彼は同僚よりほんのわずか長生きした後、両手をひろげた姿勢で、永遠に床に伏した。広い背中に、イルテリシュが投げつけた直刀が突き立ち、赤い短衣に、さらに赤く暗い染みがひろがっていく。むぞうさにイルテリシュは歩みより、あわれな犠牲者の首を斬りはなした。

「グルガーンよ」

「はい、ここにひかえおりまする」

今度は玉座の左側から、暗灰色の影があらわれた。イルテリシュのように、猛気をたぎらせてはいない。死灰《しかい》を凍らせたような冷たさである。

「この両名の脳を、明日は蛇どもにくわせてやれ」

「御意にございます」

グルガーンは、うやうやしく一礼して、床にころがるふたつの生首を冷たく見やった。

外側はかつてのパルス国王アンドラゴラス三世、内側は蛇王ザッハークと名乗る男は、蛇どもが人脳をむさぼり食うありさまを、無感動にながめていたが、ほどなくグルガーンに問いかけた。

「ところで、あれはどうした？」

「あれとは、いずれの件でございましょう」

「予がこの身体を得るまで、仮ずまいをしておった泥人形だ。デマヴァント山の地下にうずくまっておるのか」

「あれでございますか。申しわけございませぬが、臣めも存じませせぬ。わが偉大なる尊師《そんし》にして、蛇王さまの忠実なる臣下ひとりが存じておりまする」

アンドラゴラスが薄く笑った。

「偉大なる尊師か。あやつもえらくなったのう」

「偉大なる、という表現を、蛇王さま以外の者に使いましたこと、何とぞお赦《ゆる》しくださいませ。なれど、三百余年にわたって、蛇王さまのご再臨を希《ねが》い、日夜、身を粉《こ》にして働きました者、どうかそれに免じて……」

「わかっておる、すこし可笑《おか》しかっただけだ。咎《とが》めはせぬが、いま、あやつ、どこにおる?」

グルガーンが答える前に、蛇王は手を振った。

「……いや、答えずともよい、西におるようじゃな。いまは、どのような身体にはいって、どのような顔をしておるのか、再会するのが愉《たの》しみじゃわ」

アンドラゴラスの顔の左右で、蛇の頭が揺れた。その口もとには、人血と脳漿《のうしょう》がこびりつき、二股《ふたまた》にわかれた舌が、未練がましく、それをなめとっている。

「……妙な気分よな。予を三百年も地底に閉じこめおったカイ・ホスローの子孫、その身だけが、予を容《い》れる器となるとは……しかし、だからこそ、最後は予の勝利というものよ」

咆《ほ》えるように、アンドラゴラスの姿をした男は笑う。それは「生前」の声と異《こと》なり、豪毅《ごうき》さの皮をめくると、いいようのない邪悪さと残虐さがあふれ出んばかりであった。


イルテリシュが謁見の間を出る。廊下を歩み、露台《バルコニー》へとつづく小さな控えの間へ達すると、甲冑姿の男が彼の姿を見て一礼した。

つい先日、イルテリシュ自身によって、上将軍に任じられたバシュミルである。

「いったい親王《ジノン》イルテリシュはどうなさったのか。何か得体の知れぬ不吉なものに、とりつかれなされでもしたか……」

バシュミルは、かくべつ智略に富む人物ではないが、故人となったジムサと同様、イルテリシュと馬首をならべて戦った勇士であり、四十歳という年齢にふさわしい思慮分別もある。豪放にして英気に富んだイルテリシュが、一刻あまりのうちに激変したことを、あやしまずにはいられなかった。トゥラーン人である彼は、蛇王ザッハークの存在を知らない。ましてや、ひとたびは蛇王の毒血による汚染を、強烈な気力で克服したイルテリシュが、二度めには耐えられなかったことなど、想像を絶している。

ためらった末、バシュミルは決意をかためてイルテリシュに声をかけた。

「親王イルテリシュ……」

イルテリシュは無言で足をとめ、バシュミルに顔を向けた。トゥラーン人武将は、愕然として息をのむ。彼が主君とあおぐ人物の両眼は紅く濁り、唇は紫色になっていた。その唇が開いて、陰々《いんいん》たる声が出てきた。

「きさまは誰だ?」

振り向いて逃げ出したい衝動を、かろうじてバシュミルはこらえた。歴戦の武将として直感したのである。そのような行動をおこすと同時に、背中を直刀でつらぬかれることを。

「バシュミルでございます。あなたさまの忠実な臣下でございます」

声がかすれるのはどうしようもなかったが、イルテリシュが気にとめたようすはない。

「そうか……そうであったな。では、ただちに用意せよ」

「ご用意とは?」

「知れたこと。怨みかさなるパルスを伐《う》つ」

「おお……!」

バシュミルは息をつまらせた。当時の国王《カガーン》トクトミシュの総指揮のもと、太陽神《ダヤン》の旗をひるがえし、パルスの征服へと馬蹄で地をとどろかせた。壮麗な騎馬の大軍で草原を埋めつくしてパルスへと南下したあの日から、四年あまりたつ。パルス人どもの奸計《かんけい》にしてやられ、野は人馬の屍《しかばね》に埋めつくされた。バシュミルは帰る国までうしなった。

その敗北と屈辱をはらそうとする現在《いま》、主君の奇怪な変容《へんよう》にこだわってはいられない。

「親王……いえ、国王陛下、この日が来るのを待ちこがれ、生恥をさらしてまいりました。どのようなご命令でもお下しくださいませ。身命《しんめい》を惜しまず努《つと》めまする」

　両眼が血の色をしていようと、唇が紫色の毒花に見えようと、かまうものではない。バシュミルはさらに問いかけた。

「いつご出撃なさいますので？」

「十日後だ」

「チュルク騎兵どもを率いて、でございますな。トゥラーン騎兵でないのが残念ではございますが、四万から五万は、十日のうちに完全にととのえます」

「トゥラーンなど、どうでもよい」

「は……⁉」

「もちろん、チュルクも、どうでもよい。チュルク騎兵、四万、五万、いや、それ以上を投入し、パルスを血の泥沼と化せしめよ」

　バシュミルは、ふたたび衝撃を受けた。あの誇り高い戦士イルテリシュが、「トゥラーンなど、どうでもよい」と放言するとはとうてい信じられぬことであった。

「おそれながら、作戦はいかように？」

「そんなものは要《い》らぬ」

　言い放ったイルテリシュの両眼は、もはや正視に耐えなかった。思わず眼を伏せたバシュミルの耳に、魔毒に満ちた声がとどろく。

「焼きつくせ。奪いつくせ。殺しつくせ。チュルクの騎兵どもなど、全滅してかまわぬ。一滴でも多くの血を、蛇王ザッハークさまの祭壇にささげたてまつるのだ！」

　剛毅とも勇猛ともいえぬ、人ならぬ声に脳を乱打されながら、バシュミルは全身で、かろうじて失神に耐えていた。

戦旗不倒

第三章

すぎゆく秋

15

I

「統治は、これからだ」

アルスラーンの口癖である。

「近隣諸国とは、友好とはいかぬまでも、共存の関係を確立しなくてはならない。グラーゼを喪《うしな》っても、絹《セリカ》の国との間には、海上交易の航路をきずかなくてはならない。貧富の格差を、完全になくすことはできなくとも、もっとちぢめる必要がある。王立図書館の書物だって、ルシタニア軍に焼かれる前の、せめて半分はそろえたい」

即位して、ほぼ三年の間は、アルスラーンの理想は前進しているように見えた。異国との戦いはなく、人身売買は禁じられて、公路の復旧もすすんだ。アルスラーンは自分の弱年《じゃくねん》と未熟を承知していたから、性急に事を運ばず、無理を避け、後退すべきときには、無念をおさえて後退した。

それでまずうまくいっていたのだが、ここ一年ほど、地震、噴火、暴風雨など天災があいつぎ、「蛇王ザッハークの眷属《けんぞく》」と称される異形《いぎょう》の妖魔・怪物がはびこって、人心を動揺させている。パルスの諸将は、この危機に乗《じょう》じようとする周辺諸国を警戒していた。

「シンドゥラはわが国より人口が多い。その気になれば、五、六十万は動員できるぞ」

「だからこそ、敵にまわしてはならぬ」

「いまは味方といえるのか」

「彼《か》の国の国王《ラージャ》は、そういってるな」

「それを信用するのか。獅子《シール》が『おれは草食だ』というほうが、よっぽど信用できるぞ」

「獅子を引きあいに出すな。獅子に失礼だ」

「それ以前に、ラジェンドラ王を話に出すな。どんどん話題がずれていくではないか」

パルスの諸将にしてみれば、ラジェンドラの治世に、たいした破綻も大きな災厄もないのが、不思議でならない。他人の不幸を願うのは上品なことではないが、ラジェンドラにかぎっては、すこしならず痛い目を見ればいい、と思ってしまうのだ。

個人生活の上では、アルスラーンは、それほどおもしろい人物ではない。歴代の国王《シャーオ》のなかには、酒と美女を思いきり楽しみ、みずから詩や音曲をつくり、絵を描いて人生を謳歌《おうか》する者もいた。アルスラーンは、統治者としての課題が多いこともあるが、ときおりの微行《おしのび》の他には、書物を読み、諸将を王宮に招いて酒食を出し、活発な談話を聴くことぐらいが愉《たの》しみだった。

その日もそうだった。

「マルヤムはルシタニアの侵略を受けた上、その後、ギスカールとボダンの抗争で荒廃した。海外出兵どころではなかろう。無理をかさねて出兵しても、十万から十五万というところだ」

「しかも、兵士たちに戦意はあるまい。ルシタニア人どもには、怨みしかないだろう」

誰かがいうと、誰かが反論する。

「いや、家族を人質にとられたら、マルヤム人たちも必死で戦うしかあるまい。用心はおこたらぬことだ」

話題の対象は、つぎつぎと変わっていく。

「チュルクがわからぬ。いったい、あの国で何がおこっているのだ」

「ろくでもないことさ」

「流浪の楽士」が、急に強く琵琶《ウード》をかき鳴らすと、葡萄酒《ナビード》に手をのばし、瓶に直接、口をつけた。

「おれとしては、チュルクが何かしかけてくる前に、こちらから攻めこんだほうがいいと思うね。毒草は、芽を吹く前に根こそぎ引っこぬく」

「しかし、先制攻撃をしかける大義名分は？」

「ペシャワール城に手を出した。それで充分」

ギーヴが言い放つ。

「そうだろう、宮廷画家どの」

問いかけられたナルサスはかるく笑っただけだ。

「いやな男だ。見すかしていたな」

ギーヴは瓶を置くと、アルスラーンに一礼して出ていった。話に飽きたのと、ファランギースをはじめとする女性たちが不在だったからである。彼女たちがいないからこそ、瓶に口をつけるような粗野なことをしたのだ。

ギーヴがいなくても、会話集会はつづく。

「『アルスラーンの半月形』を再現して、北から攻めこむことはできよう。だが、チュルクのやつらとて、その後、北の守りを堅め、兵力を集中させているだろう」

「しかし、北ばかり見ていると、南の守りが薄くなるぞ。南にはシンドゥラがひかえているからな」

どうやら話が一巡した。

「シンドゥラが完全に信用できるなら、事は簡単だがな」

イスファーンが、乾《ほ》した杏《ザルダール》を口に放りこんだ。

「わがパルス軍が北から攻める。同時に、シンドゥラ軍が南からチュルクへ攻め入る。こうすれば、チュルク軍は対応しようがない」

「だから、ここでもシンドゥラが問題だ。ラジェンドラ王を完全に信用できぬだろうが」

「ラジェンドラ王には利を喰《くら》わせればよい」

「利とは？」

「チュルクを屈伏させたあかつきには、チュルク全土をシンドゥラの処分にまかせる。そういえば、彼の眼の色が変わる」

一座がかるくざわめく。

「それは気前がよすぎよう。パルスは戦場で苦労するだけで、何の益もない」

キシュワードが異論をとなえる。

ダリューンが、ちらりとアルスラーンを見やって発言した。

「パルス軍が北から攻めこんだ、と、シンドゥラ軍に早めに知らせてやればいい。そうしたら、ラジェンドラ王は玉座から飛びあがって軍を動かすぞ。チュルクをパルス領にされてたまるか、とな」

大きな笑声がおこって、ほどなくおさまる。

「戦略としては、それでいい。だが、重要な問題があるぞ」

「戦略を実現させるだけの兵力がない、か」

五年前の第一次アトロパテネ会戦において、パルス軍は十三万余の兵と五名の万騎長《マルズバーン》をうしなった。その損害は量《はか》りしれないものがあった。現在に至っても、パルス軍の戦力は、それ以前の三分の二ていどにしか回復していない。

微笑しながら聴いていたアルスラーンが、はじめて口を開く。

「そもそも、我々は何のために戦うのか。領土をひろげるためではない。パルスの国土と人民を脅威から守るためだ。おぬしらとともに、持てる兵力をすべて率《ひき》いて征《い》けば、全世界を統一できるとさえ思う。だが、英雄王カイ・ホスローならともかく、私はそんな大きな器ではない」

ダリューンやキシュワードが何かいおうとするのを、若い国王はかるく手をあげて制した。

「まず、聴いてくれ。パルスに対する脅威の源泉がチュルクにあるとしたら、チュルクを攻めるのも、やむをえぬ。だが、チュルクを平定したところで、かならず、あらたな敵があらわれる。何のことか、皆にはわかるな」

皆にはわかった。口を開きかけていた者は上下の唇をあわせ、すわりなおした者までいる。

「蛇王ザッハーク、とやらでございますな」

異国出身のジャスワントが、おちついた口調で言ってのけた。イスファーンなどにいわせると、「知らぬ者の強み」だ。

「現に私は、ザッハークの眷属どものために、ザラーヴァント、グラーゼ、ジムサという朋友《とも》をうしなった。トゥースの死も、蛇王の再臨にともなうことはうたがいない」

考えをまとめるために沈黙を守っていたのだろう。アルスラーンは整理された発言をつづける。

「もう一度、私の考えを聴いてもらいたい。まず、チュルクの南方はラジェンドラどのにおまかせする。わざわざお願いしなくとも、喜んでやってくださるだろう。我らがなまじ細工をする必要はない」

諸将は力をこめてうなずいた。

「つぎに東方、山岳地帯の国境あたりだが、これはメルレイン卿にまかせたい」

一同の視線が、ゾット族の族長代理に集中する。

メルレインは右手の拳を床につけた。

「おまかせください」

ためらいなく、国王に応《こた》える。

「ゾット族きっての精鋭五百騎を、ひかえさせております。チュルクの山岳騎兵と互角以上に戦ってごらんにいれますが、陛下は戦えとのおおせではありますまい」

つねに不機嫌そうなゾット族の族長代理が、ていねいな口をきけるようになったものだ。妙な感銘が諸将をつつんだ。

アルスラーンが、メルレインに応える。

「そうだ、いざとなったら、ソレイマニエの近辺にまで敵を引きずりこんでもらいたい。ソレイマニエは皆のおかげで、ほぼ要塞化することができた。二万の兵を伏せて、深入りした敵を一気にたたく。その場合の指揮官は……」

アルスラーンの視線が一点にとどまる。

「キシュワード卿、たのむ」

　全員の視線が、前大将軍《エーラーン》に集中した。キシュワードは鋭く表情を引きしめる。ギランへの往復行で傷のついたキシュワードの名誉を回復させてやろう、というアルスラーンの意図を、その場にいる全員が理解したのだった。キシュワードは沈着な男だが、声がかすれた。

「陛下、そのような重任を私ごときに……」

「わが命《めい》を諾《き》けぬと申すか！」

　きびしいアルスラーンの口調である。キシュワードが両の拳を床について頭をさげると、アルスラーンの態度が一転して笑顔をつくった。

「恕《ゆる》せ、キシュワード。こういうえらそうな台詞《せりふ》を一度いってみたかったのだ。恩だの恥だの関係ないぞ。もっと多くの兵をあずかってほしいが、二万が精いっぱい。しかも騎兵は五千しか出せぬ。この兵力でソレイマニエを守りぬいてくれるのは、おぬししかおらぬのだ」

「お、おそれいってございます」

「実戦に関しては、メルレイン卿と相談してくれ。今日の会は、すこし長くなったな。そろそろ解散としようか」

　アルスラーンは立ちあがり、諸将もそれに倣《なら》った。

Ⅱ

　諸将は散会した。あとに残ったのは、アルスラーン、ダリューン、ナルサス、エラムの四人だけである。

　アルスラーンは床を見まわした。十六を算《かぞ》えていた円座が十二にへっている。還《かえ》らぬ諸将の顔を想い出して、アルスラーンは溜息をつき、それを振り払うように宮廷画家をながめやった。

「こんなところでよかっただろうか、ナルサス」

「おみごとです。残念ながら全知全能とは申せぬ我ら人間、現在の段階でこれ以上のことはできませぬ。ただひとつ不満があるとしますれば……」

ナルサスは、きびしい眼で弟子をにらんだ。

「エラム、なぜもうすこし発言しなかった？　お前はいずれ、陛下の片腕となる身。他の諸将と積極的に議論しないようで、どうする」

「はい、腑甲斐《ふがい》ないことでございました」

エラムも自覚していたのだろう。深く頭をさげ、唇をかむ。そのようすを見たアルスラーンが、いそいで口をはさんだ。

「ナルサス、エラムを叱らないでやってくれ。何しろ最年少だから、出しゃばりにくかったのだろう。私のほうから、エラムに意見を求めるべきだった」

「陛下、この点にかぎりましては、お口出しをご無用に願いあげます」

ナルサスが言い放つと、ダリューンがわずかに眉を動かした。しかし声は出さない。

「ナルサス、聴け！」

アルスラーンの口調が烈《はげ》しくなった。三人の臣下を強い視線で見つめる。

「ナルサスよ、五年前、私はエラムに問うたことがある。将来はどうするつもりか、と」

そのときエラムは答えた――ナルサスさまが決めてくださいます、と。ふたりの関係を、アルスラーンは羨望《せんぼう》したものだ。その後アルスラーンはエラムの相弟子《あいでし》になり、ナルサスから政治や軍事についてたっぷり慈養をそそぎこまれた。

「エラムはその言葉を守ってくれている。私の兄弟子で、ナルサス、そなたの一番弟子だ」

「陛下、兄弟子などと……」

仰天したようなエラムの声は無視された。

「だが、エラムはおぬしの弟子であっても、もうおぬしの侍童《レータク》ではない。おぬしとちがう分別もあろう。

それを頭ごなしに叱りつけるとは、おぬしらしくもない。私には、ナルサスはひとりしかいらない。エラムもたったひとりいてくれればよい。私の朋友《とも》たちは、余人をもって代えがたい者ばかりなのだ」

沈黙は深く、だが長くはなかった。

「お叱り、おそれいってございます」

両手を床につき、ナルサスは深く頭をさげた。ダリューンは組んでいた腕をほどき、無言のままエラムの肩をかるくたたいた。

「陛下の侍衛長《ケシュタク》たるお人に対し、無礼な言を吐きましたこと、私めの思いあがりでございました。まず、陛下に対したてまつり、お詫《わ》び申しあげます」

言い終えると、ナルサスは、半ば茫然とたたずむエラムに頭をさげた。

「エラム卿、かずかずの無礼、恕《ゆる》していただければありがたい」

「ナ、ナルサスさま……」

「おぬしがさまをつけて呼ぶのは、パルス国王アルスラーン陛下だけだ。それが君臣《くんしん》の道ぞ！」

エラムは立ちすくむ。

「ナルサス、ナルサス」

怒りを苦笑に変えつつ、アルスラーンが宮廷画家を呼んだ。

「それがいけない。エラムがおぬしの弟子であり、年下であることは確かなのだから、すべて平等に、とはいかないだろうが、どうか心してくれ。叱るなら、おなじ弟子である私を叱ってほしい。いずれ私はエラムに叱られることになるだろう。その日が愉しみだ」

「陛下……」

ナルサスとエラムが同時に声を発し、アルスラーンは額《ひたい》にたれる髪をかきあげた。

「ああ、何だかずいぶんえらそうな台詞《せりふ》をまくしたてしまったな。恕してくれよ。そろそろ午後の政務をはじめるので、先に失礼する」

片手をあげて挨拶《あいさつ》してから、アルスラーンは歩み出す。目がさめたように、エラムが一礼してアルスラーンのあとを追った。

最後にダリューンとナルサスが残った。

「ずいぶんと名演技だったな」

黒衣の大将軍《エーラーン》は、人の悪い笑いかたをした。ナルサスは「ふん」と鼻の先であしらった。

「陛下はもう何の心配もない。まだ、ちとエラムがたよりないが、すこしずつまかせていってよかろう」

「おぬし、もしや、またぞろ山奥に隠棲《いんせい》するつもりではなかろうな」

「したいのは、やまやまだが……」

宮廷画家は、あごをなでながら歩み出す。執務室に向かったアルスラーンと異なり、露台《バルコニー》の方角だ。

ダリューンもつづく。


繁華な大都市と、はるかにかすむ山嶺をながめ、ふたりはしばし無言だった。

「ダリューンよ、今後はかなりきびしい状況になるぞ。覚悟しておいてくれ」

「こころえている。四方すべて敵だ。だが、いまパルスへ攻めこむ合理的な理由を持つ国はあるか?」

「非合理な要因が、事態を動かしている」

ナルサスが、顔に晩秋の風を受けとめた。

「おれが状況を読むのに、不必要で有害な因子が出しゃばってきている。不愉快な話よ」

「……蛇王ザッハークか」

「人の世に在《あ》ってはならぬ存在だ。人の世には、人の悪だけで充分だ」

「どこから人の世にあらわれたものか」

「さて、見当もつかぬ」

「おれに蛇王を斬れるだろうか」

ダリューンがつぶやく。無言のまま、ナルサスは袖をはたいた。灰色の粉が風に乗って飛来してきたのだ。
「ここまで灰が降ってきたか」
「今日は東風が強いからな」
突然、空を奇声がつらぬいた。ダリューンとナル
サスが、あわてるでもなく空を見あげると、三つの
黒い物体が地上へと墜《お》ちていくところだった。頭を
矢に射ぬかれ、むなしく翼をはためかせる醜怪な黒
影が、家々の屋根の間に姿を消していく。
「三本の矢で三匹をしとめた」
「ファランギースか、メルレインか」
「ギーヴは？」
「どこかの妓館《ぎかん》だろう。気まぐれな男だからな。そ
れにしても……」
ナルサスは苦笑した。
「あの男と、これだけ長いつきあいになるとは、正
直、思わなかった」
「五年ていどのものだぞ」
「五十年にも思えるよ、おれには」
ふたりは服に付着した灰を払い、露台から室内へ
もどった。口には出さぬが、体内をつらぬく芯が緊
張するのを自覚する。デマヴァント山の灰が風に乗
って飛来するていどのことはともかく、白昼堂々、
王都エクバターナの上空を、蛇王ザッハークの眷属《けんぞく》
が、あつかましくも飛びまわるとは。
「ダリューン、おぬしには今後、休日などないと思
ってくれ」
「もちろん、そのつもりだ」
「おぬしは先ほど、四方すべて敵といったが、多少
の時間差はあれ、おそらく、そうなるだろう。王都
にクバード、ソレイマニエにキシュワード、南のギ
ランには亡きグラーゼの部下たち。それ以外の国土
は、すべて、おぬしの双肩《そうけん》にのしかかってくる」
「望むところだ」

ダリューンの声には、不動の強さがある。

「敵より先に動き、各個に撃破する。まずはチュルクだ。ギーヴがいったように、やつらのほうから、我らに口実をくれた。さらには、当面、チュルクとシンドゥラが組む恐れもない。ペシャワールを放棄した甲斐があったというものさ」

ナルサスが状況を説明する。なるほど、そういうことであったのか。

ダリューンは胸中で舌を巻いた。形では放棄したとはいえ、ペシャワールはあくまでもパルスの領土内にある。チュルク軍はペシャワールを攻め、失敗した。結果はどうあれ、チュルク軍がパルス領を侵《おか》したという、事実は事実である。パルス側は、チュルク側の非を鳴らして、報復行為に出ることができるのだ。否、それだけではなく、パルス軍が戦う必要すらないかもしれない。シンドゥラとチュルクをかみあわせておけばよいのだ。

「たいしたものだなあ」

「いまさら感心するな」

「いや、おぬしのことではない。自分の寛大さに感心しているのだ」

「何でそうなる⁉」

「おぬしのような悪党と、よく二十年以上もつきあってきたものだ、と思ってな」

「その台詞、そのまま返してやる」

ふたりは肩をならべ、廊下へと出た。まだ壁や天井に、地震の痕跡が残っている。

「いいか、ナルサス、頭がいいのを鼻にかけて、ひとりぼっちだったお前に、声をかけてやったのはおれだぞ、忘れたか」

「芸術と書物を友に、高尚《こうしよう》な人生を送る気だったのに、じゃまをされたのは憶《おぼ》えている」

「あきれた言種《いいぐさ》だな。性根をなおすために、結婚でもしたらどうだ？」

笑ったのはダリューンだけだった。まじめくさった表情で、ナルサスはうなずいたのだ。

「それも悪くないな」

「…………！」

ダリューンは絶句《ぜっく》し、ついで哄笑《こうしょう》した。

「そうかそうか、ついに観念してメルレインを義兄《あに》上《うえ》と呼ぶ気になったか」

「……そうとはかぎらぬ。いっておくが、おれは誰とも正式に婚約などしておらぬのだからな」

「いまさらそんな台詞が通ると思うか。陛下の本気のお怒りはもちろん、メルレインの矢がおぬしをつけねらうことになるぞ」

愉しそうな二十五年来の悪友を、不機嫌そうににらんで、宮廷画家は肩をすくめた。

「そいつは願い下げだな」

Ⅲ

キシュワードの館は、今日もにぎやかである。正確には、夫人ナスリーンが宰領《さいりょう》する一翼で、彼女はそこで多くの女使用人たちに指示を下し、出入りの商人と折衝《せっしょう》し、家計を管理し、夫の出征中は留守をまもって、夫の信頼もあつい。

「こまかいの《オフルール》」と呼ばれる十歳ぐらいの少女が同居をはじめたときは、それほどにぎやかにはならなかった。少女が極端に無口だったからである。だが、二歳になる嫡男《ちゃくなん》アイヤールがすっかり少女になついて、どこへでもついてまわるようになると、多少さわがしくなった。アイヤールの声は四、五歳児なみに大きかったのである。

父親が、ダリューン、クバードとならぶ「パルス三大将師」のひとりであり、その血を引いたのか、

まっさきに憶《おぼ》えたのは、

「全軍突撃《ヤシャスィーン》！」

というあまり幼児らしくない言葉であった。声が大きいので、幼児ながら威風堂々としている。ただし、舌がもつれると、「ナハシー」という発音になってしまう。

さらに今回、アルスラーン王を守って地震で殉職したトゥース将軍の妻たちもよく訪《たず》ねてくるようになった。パトナ、クーラ、ユーリンの三姉妹である。彼女たちはファランギースの館に住んでいるが、広い部屋に、花やタペストリーが飾られ、三人いっしょに寝起きしている。壁には、亡き夫の形見である鉄鎖が飾られ、朝夕、礼拝している。

三姉妹はナスリーンをてつだう一方、連日のようにファランギースの館で弓と剣を学ぶのにいそがしい。最年少のユーリンでさえ、平凡な兵士に一対一ではまず負けないが、ファランギースにはもちろん遠くおよばないので、熱心に練習にはげむ。また女神官《カーヒーナ》として初歩的な修行もおこなっている。

一方、アルフリードも毎日のようにファランギースの館にやってくる。

「どうも、女神官の資質があるのは、『こまかいの《オフルール》』だけのようじゃ」

「そうだね、あの娘《こ》、きっとファランギースのいい後継者になれるよ。まちがいなし、あたしが保証する」

女神官の資質なし、と見かぎられたアルフリードが、やたらと熱心に賛同する。彼女は、三姉妹と剣や弓の練習をするのが好きなのだ。

「おぬしに保証されてもな」

ファランギースは苦笑したが、「こまかいの《オフルール》」が来訪したとき、予備の水晶の笛をわたして、吹きかたを教えた。以後、こまかいの《オフルール》は口に水晶笛をくわえ、アイヤールの手を引いたり抱いたりして歩いている。

　まんまと女神官の修行をまぬがれたアルフリードといえば、

「ほらほら、そんなことでどうするの⁉　あたしと互角にわたりあえないようじゃ、永久にファランギースに追いつけないよ！」

　三姉妹を対手《あいて》に、剣と弓の練習に余念がない。自分がファランギースにおよばないことは承知しているから、自分自身も彼女に学び、ときにはキシュワードにたのんで習得をおこたらない。

　練習がすむと、汗をぬぐって、お茶の時刻をすごす。もちろん菓子や果実がつくのだが、ある日、アルフリードが提案したことがあった。

「ねえ、ファランギース、陛下にお希《ねが》いして、女だけの軍隊をつくらない？」

「女だけの軍隊？」

「以前、ダリューン卿に聴いたことがあるけど、絹の国《セリカ》には、そういう部隊があるんだって。ファランギースが隊長、あたしが副隊長になって、五百人ばかり集まれば、女や子どもたちを守れるよ」

「おぬし、ゾット族の族長ではないか。そちらの務《つと》めはどうする？」

「ゾット族の族長には、兄貴のほうがふさわしいってば。まったく、頑固でこまったもんだよ。あれじゃ、いい男でも、嫁の来手《きて》がないね」

　ファランギースが笑った。

「おぬしが先に婿《むこ》をとれば、兄上とてあせるかもしれぬぞ。どうじゃ、そうしてみたら」

「からかわないでおくれよ。あたしにはちゃんと対手がいるけど、兄貴にはそれもいないんだから」

　むだな自慢をアルフリードがしていると、ファランギースの弟子兼侍女をつとめる小肥《こぶと》りの若い女性が、客人をつれてきた。十代の少女だが、緑色のカシミアのショールには王家の紋章が金糸でぬいつけである。

「アイーシャと申します。王宮におつかえしております」

「ああ、知ってるよ。あったことがあるだろ。エラムからも聞いてる」

エラムは、最近はいってきた侍女が使いものにならなくてこまる、と、ぼやいていたのだが、アルフリードは興味を抱いて、エラムと同年輩の少女をながめた。

「それで、何の用?」

「はい、ご婦人がたとアイヤールさまに、国王陛下からのお差し入れでございます」

アイーシャは、重そうな籐《とう》の籠《かご》を両手で差し出そうとした。誰が見ても、彼女の足もとは平らで石ころひとつなかったが、一歩めでみごとにつまずいて、空中に放り出された梨《ゴラービー》、杏《ザルダール》、甘いオムレツ《ジアルバット》、チーズケーキ《ソブレ》、無花果ケーキ《ファララセ》などが、はなやかに芝生をいろどった。

「も、申しわけございません」

「いいよいいよ、まちがいは誰にでもあるさ」

自分より要領の悪い同性に、アルフリードは、いたって寛大である。

愉《たの》しい一刻となった。内心、王都に邪悪な黒雲がせまっていることは、誰もが知っている。正面から対決する日は近い。だからこそ、愉しい一刻が、より貴重なのだ。

人が人を呼ぶというものか、また客人があらわれた。パリザードである。銀の腕環を秋の陽《ひ》に光らせながら、大きな籃《かご》をかかげてみせた。

「こんにちは、おやつを持ってきたよ。ほら、こんな大きなホットケーキ《ビスタンドウド》を見たことあるかい? クルミにナツメに乾ブドウもはいってるから、切り分けて、糖蜜をかけて、みんな、残さず食べておくれよ」

「ナハシー！」

　と答えたのはアイヤールだ。

「アイヤール坊ちゃんの後宮《ハレム》だね」

　パリザードがいうと、明るい笑声がはじける。三姉妹の表情も、寂しさと哀しみを底に秘めながら、しだいに、おちつきと明るさを回復してきたようだ。何といっても若いのだし、夫の死から立ちなおろうとする自覚もある。もしひとりであったら、灰色の井戸の底にうずくまって、出られなかったかもしれない。

　スズカケの樹《チェナール》の下にカーペットを敷いて菓子をつまみ、他愛のないおしゃべりをつづける女性たちの間を、心地よい風が渡っていく。さいわいなことに、この日は西南からの風で、まったく灰はふくまれていない。女性たちは、交替で「大将軍《エーラーン》アイヤール」をあやしてまわる。かるく目をとざして風の歌に耳をかたむけていたファランギースに、アルフリードの声が聞こえた。

「ゾット族の女はね、自分よりたいせつなものを守って死ぬのが、一番の名誉なんだよ。九十歳の曽祖母《ひいばあ》さんが、いまもいってる」

　ファランギースは、思わずアルフリードを見やった。はじける笑顔、生命力にあふれた言動。その姿に、不吉なものは何もない。ファランギースは、かるく首を横に振り、みずみずしい梨の一片に手をのばした。

Ⅳ

「いったい何でこんなことになってしまったのだ」

　いまだにバリパダの脳裏には、混乱がとぐろを巻いている。

　バリパダはシンドゥラの首都ウライユールの城門を駆けぬけ、ひたすら西へと走りつづけていた。

カーヴェリー河に達したところで、ついに乗馬が泡を噴いて倒れた。バリパダは船着場の近くを巡視していた三騎の兵士をおそい、人間は斬り殺し、一頭の馬に飛び乗った。もう一頭を替え馬としてつれ、三頭めは他人に利用されないように、頸《くび》の血管を斬って殺した。カーヴェリー河を馬で渉《わた》り、ついにパルス領内にはいったのである。

つい先日、栄誉と富を授《さず》けられ、国王《ラージャ》ラジェンドラから激賞されたバリパダは、いまやシンドゥラにいられぬ逃亡犯であった。

この日、十二月五日午前、バリパダは「チュルク仮王」カドフィセスと対決したのである。

対決といっても、剣なき対決であった。シンドゥラは、戦闘の開始にあたって、まず両軍の指揮官どうしが舌戦をかわすお国柄である。バリパダとカドフィセスは、ラジェンドラ王やサリーマ、その他文武百官の前で、いずれがサリーマの夫にふさわしいか主張をかわしあったのだ。

この対決においては、カドフィセスがまさった。彼はまったく、よけいな発言をしなかった。論理も語らず、感情も告げない。ただひとつの主張だけを、くりかえし述べつづけた。

「サリーマどのをわが花嫁と為《な》すこと、すでに国王ラジェンドラ陛下のお許しをいただいてござる。王者に二言なし。何とぞ前言をお守りあって、末長くシンドゥラ、チュルク、両国の間に友好と信頼をつづけていきたいと存ずる」

ラジェンドラは困りはてた。バリパダは自分の功績をならべたて、サリーマをいかに愛《いと》しく思っているかを述べたが、カドフィセスの堅壁《けんぺき》に小さな傷ひとつつけられない。これでバリパダを勝たせたら、「公正にして高潔な名君」という評判に傷がつく。

「バリパダめ、もうすこし弁が立つ、と思うたに、存外、芸のないやつ。そもそも、自分が女に横恋慕《よこれんぼ》したのだから、それを正当化できんのでは話にならんではないか。おれまで巻きこみおって、まったく、見そこなったわ」

　バリパダに対して、かってな感情を抱きはじめるラジェンドラであった。

「もうよろしい。双方の主張《いいぶん》、充分に聴いた。肝腎《かんじん》のサリーマどのは、予の審《さば》きにしたがうと申しておる。バリパダよ、ここはいさぎよく身を引いて、サリーマどのを寿《ことほ》いでやれ」

　対決していた二名のうち、ひとりは蒼白になり、ひとりは喜びに頬を紅潮させた。

「国王陛下、公正なご判断ありがたく存じます」

　そこでやめておけばよかったものを、カドフィセスもバリパダに不快感を抱いている。つけ加えるならバリパダに慰撫《いぶ》の言葉をかけたほうが、よかったであろう。

「どうだ、己《おの》れの横着を思い知ったか。いかにシンドゥラ屈指の勇将か知らぬが、みぐるしい所業《まね》をすれば、ご主君の恥であろうぞ」

　破局が血の色となって炸裂《さくれつ》した。興奮から一気に逆上の極致へ跳躍したバリパダは、装飾用の短剣を引きぬくなり、猛然と一閃させたのだ。

　カドフィセスは左の頬を耳から口の近くまで斬り裂かれ、鮮血の花を宙に咲かせた。両眼を見開いて、円座に倒れこむ。バリパダは円座を蹴り、のしかかるように第二撃を放った。

　カドフィセスが、その一撃を自分の装飾用短剣ではね返し、反撃の刃をくり出したのはみごとであった。彼とてチュルクの貴族として、武芸の心得はあったのだ。血の紅に火花の赤をまじえて、五、六合、激しく撃ちあった。

「両名ともやめぬか！　国王陛下の御前ぞ！」

　書記官アサンガがラジェンドラをかばって――つまり遠くから叫んだが、効果はなかった。

カドフィセスは奮闘したが、先に傷ついた上、もとよりバリパダの敵ではない。刃が腹の中央をつらぬき、大きく左へ引かれると、斬り裂かれた胴から血を噴き出して床に倒れた。

悲鳴があがった。とっさに、ラジェンドラも玉座から動けない。血ぬれた短剣を手に、バリパダが一歩を踏み出す。

「おさがり！」

鋭い叱咤《しった》が、二歩めを停止させた。座から立ちあがったサリーマの声だ。

「衛兵、何をしているのです？　この逆臣を誅殺《ちゅうさつ》して、国王陛下を守りまいらせなさい！」

ラジェンドラは、かろうじてうなずくばかり。サリーマの的確な指示は、さらにつづいた。

「刀や剣では、この者に対抗できないでしょう。槍で包囲して、弓箭兵《きゅうせんへい》をお呼び！」

バリパダがうめいた。野獣のうめきであった。歩む方向を変え、妻にと望んだ美女にせまろうとする。だが、バリパダの勇猛にひるみながらも、十人ほどの槍兵がサリーマの指示にしたがって、彼を包囲した。弓箭兵を呼ぶラジェンドラに気づくと、喚声をあげて包囲の一角を破り、走り出す。

「待て、バリパダ！」

叫んだ瞬間、ラジェンドラの眼前に光の柱が立った。バリパダが投げつけた槍が、床に突き立ち、振動している。これは明々白々たる叛逆行為であった。バリパダは血刀を振りまわしながら、広間を駆け去っていく。

「すぐに追いかけて誅殺なさいませ、陛下！」

凛《りん》として、サリーマの声がひびきわたった。

「あの者、生かしておけば、かならず陛下に仇《あだ》をなしたてまつります。一刻も早く、逆臣を除かねばなりません」

「し、しかし、しかしだな」

バリパダは強い。彼を斬ることができても、それまでに何十人の兵が殺されるか、うかつな命令は下せなかった。

「包囲して矢をあびせればよろしゅうございます」

「あ、ああ、そうだな」

弓箭兵が二、三十人、かたい表情で駆けつけてくる。サリーマはカドフィセスの傍《そば》にひざをつき、脈をとって死を確認すると、開いたままの両眼を掌《てのひら》で閉じてやった。

「追いなさい！　ただし、城外へ出られてしまったら、それ以上の追跡は無用」

サリーマは、ラジェンドラをかえりみた。

「陛下、お負傷《けが》がなくて幸いでございました。どうかお立ちあそばせ」

「う、うむ、手数をかけたな」

サリーマが白い繊手《せんしゅ》を伸ばしたので、ラジェンドラはその手をつかんで何とか立ちあがった。

「カドフィセス卿には、お気の毒なことになりましたが、おかげで、バリパダのように危険な男を陛下から遠ざけることができました」

「サリーマどのの申すとおりじゃ。チュルク仮王として、鄭重《ていちょう》に葬ってさしあげよう」

相当にうしろめたい気分で、ラジェンドラは溜息をついた。そもそもの最初に、彼がカドフィセスをチュルク国やペシャワール城の傀儡《かいらい》にするため、サリーマを紹介したりしなければ、カドフィセスは不幸な死をとげずにすんだのである。

「まあ、カドフィセスも、立場をわきまえて、辞退してくれればよかったのだがな」

かってなことを考えながら、ラジェンドラは傍に目をやり、サリーマのおちついた美しい姿を見やった。

考えてみれば、今日の状況をつくり出したのは彼女だ。その結果どうなった？　カドフィセスもバリパダも、危険を呼びかねない男だった。その両人ともに、今日一日で消えてしまった。自分の指は一本も動かさず、ラジェンドラの頭痛の種をとりのぞいてしまったのだ。

「この女を、他の男の手には渡せん」

雷光のように、ラジェンドラの脳裏に決断がひらめいた。サリーマを王妃とすれば、ラジェンドラはシンドゥラ随一の策略家を得ることになろう。

ただ一点、ラジェンドラにとっては、あまりうれしくないことがあった。死後、こう呼ばれるかもしれない。いわく、

「ラジェンドラ恐妻王」

乗馬を駆り立てながら、バリパダの憤怒はおさまらなかった。

「こうなれば、パルスに身売りしてやる。パルス人どもは、おれのことをよく知るまい。これまでの武勲をならべたてて、せいぜい高く売りつけてやるぞ」

相手をよく知らないのは、バリパダのほうであった。長くシンドゥラの東方国境で戦ってきたバリパダは、ラジェンドラ王とパルスの将軍たちの皮肉な「友好」関係を知らなかったし、すでに彼に先だって同朋のシンドゥラ人がパルスの宮殿につかえていたことも知らなかった。「猛虎将軍《ショラ・セーナニー》」に矢を放って、実力をたしかめてみただけである。

いずれにしても、怒りと自信をたぎらせて、バリパダは灰だらけの公路を西へと駆けつづける。地震や噴火の直後で、無人地帯を走りぬけているつもりだったが、公路を見おろす丘や崖の上に、十騎、二十騎と武装した兵士たちが散在していることに気づかなかった。ゾット族である。

「こうやって待ち伏せしておると、若いころを想い

出すわい」

初老のゾット兵が、何やら感慨深げにいうと、若い同族が応じた。

「まだまだ若いだろう、アフマクのおじさん」

「いやいや」

老兵は首を横に振って溜息をついた。

「十年前までは、何かというと、わしの周囲に娘っ子どもが花を持って集まってきよったもんじゃが、いまじゃ婆さんたちが茶を持ってきよるだけじゃ」

「心配いらねえよ。若い娘っ子は、おれたちが引き受けたからな」

「ふん、ひよっこめが」

ゾット族は高地部族で、パルス建国の当時から自治を認められていた。というより、放置しておかれた。山羊《やぎ》を飼い、乳をとってチーズをつくる。大きくはないが、秘密の岩塩鉱があって、重要な収入源になっていた。起伏に富んだ草原のなかに林が点在し、果実や茸《きのこ》も採《と》れる。鹿や鳥を狩り、ときとして雪豹《ユーズ》を射とめると、町の市場で毛皮が高く売れる。

税金は、めったに払わないが、戦《いくさ》があれば国王軍の徴兵に応じる。じつのところ、掠奪《りやくだつ》が主目的である。隊商の案内や護衛という、正当で甘い商売は大いに喜ばれた。

そのゾット族は、いまやパルス国王に公認された、国軍の独立部隊である。盗賊や掠奪は禁じられたが、国王からの下賜金《かしきん》が安定して配られるし、金糸で縁《ふち》どられた「ゾットの黒旗」までたまわった。たいした栄達《えいたつ》だ。

族長代理のメルレインは、大陸公路を見おろす丘の上に馬を立てていた。二十五歳になったばかりのメルレインは、美男子といってよい顔だちをしているが、目つきが鋭いし、口もとは温和さと無縁なので、若い女性たちは遠くからながめても、近よろうとはしない。近よられても、甘いささやきなどできないので、慶事はいつになるやら、長老たちにも見当がつかない。

　一騎のゾット兵が馬を寄せてきた。

「公路を王都の方角へ疾走する者がおります。ただ一騎で」

「チュルク軍ではないのか」

　メルレインは小首をかしげたが、尋常ではない騎行のありさまを自分の眼で見ると、単なる旅人として看過《みす》ごすわけにはいかなかった。

「ここで待っていろ」

　部下たちに言いすてると、馬を躍らせる。馬蹄《ばてい》の左右に灰が舞いあがった。

　ひたすら前方をにらみつけていたバリパダが、はっとして馬をとめる。積もっていた灰が、馬蹄の音を消さなかったら、メルレインの接近に、もっと早く気づいていたであろう。

「何者だ」

「きさまこそ何者だ」

　このような状況で、気のきいた会話などは、おこなわれないものである。

「おれは急いでおる。じゃまをすれば、ただではおかぬぞ」

　今度はメルレインは、最小限の返答すらしなかった。無言で馬体の向きを変え、バリパダの前方をふさぐ。

　じつのところ、メルレインは、バリパダの正体をつかみかねていた。バリパダは王宮から直接、逃走してきたため、華美な絹服をまとっているが、砂塵《さじん》にまみれ、馬具も汚れている。最初の馬はすでに斃《たお》れ、二頭めにまたがっていた。

　メルレインの突進を見たバリパダが、刀をにぎりなおす。

　二頭の馬が駆けちがった。一瞬の差で剣光がななめに奔《はし》り、バリパダの宮廷服の袖を斬り裂いた。

バリパダも剣の鞘《さや》をはらう。カーヴェリー河を渉るとき、殺した兵士から奪ったものだ。

またしてもメルレインが斬りつける。火花と刃音。今度は襟《えり》手首をひるがえして、バリパダが受ける。今度は襟のあたりに斬りこまれ、真珠の飾りをはね飛ばされた。宮廷服は白兵戦に向かない。

すれちがいざまに、双方、斬撃を放つ。

バリパダの剣は、重く、力強くメルレインの剣をたたいた。腹にひびくような刃音。返ってきたのは、ほとんど一体化した二連続の刺突《しとつ》だ。第一撃はバリパダの服の金ボタンをはね飛ばし、第二撃は肌着を斬り裂いて皮膚に達した。

「つまらん闘いだ。逃がすわけにもいかんから、投降しろ」

メルレインの声に別の声がかぶさった。

「メルレイン卿、そいつはおれに譲ってくれぬか！」

ジャスワントの声であった。今回の作戦行動において、キシュワードの副将をつとめている。キシュワードの本隊二万が駆けつけたのであった。

V

「こやつと闘いたければ、おれが斬られるまで待て」

「どうやら、そやつ、おれとおなじシンドゥラ人のようではないか。何か聴けるかもしれんぞ」

そこへゾット兵の声が飛んできた。

「族長！　族長！」

「族長代理だ。何だ？」

「あ、あれをごらんください、デマヴァント山を……」

いまさら何をおどろく。不審げにその方角を見やったメルレインが見たのは、「自然の驚異」などという代物《しろもの》ではなかった。

濛々《もうもう》たる煙と熔岩《ようがん》と灰のなかに、ゆっくりと立ちあがる人影があった。人影？　否、あれは人間の大きさではない。しかも、頭部の左右にゆらめくものが生《は》えている。その姿を知らぬ者は、パルス人ではない。ジャスワントも唖然《あぜん》としてそれを見入ってしまい、バリパダの顔を確認するのを忘れてしまった。

「へ、へ、蛇王……！」

ゾット兵の数人が、恐怖の叫びを放つ。事情を知らぬバリパダは、思わず問いかけた。

「な、何だ、あれは……⁉」

「蛇王ザッハーク」

答えるメルレインの声も、ややこわばっている。十倍の敵を恐れぬといわれるゾット族が、我を忘れた態《てい》で、メルレインの周辺に馬をあつめてきた。

「ぞ、族長、逃げましょう」

「族長代理だ。逃げたい者は逃げろ。おれも、むだに同族を死なせたくない」

「え？　あ、ということは……」

部下の声を背に、メルレインは馬首をめぐらせた。茫然としていたバリパダが、あわてて、じゃまな袖を斬りすてる。

「逃げるか、パルス人！」

「今度はまともな軍装で来い」

いいすてて、メルレインは丘の斜面を駆け上った。熱風と熱灰《ねつかい》のため、たちまち満面が汗にまみれる。

キシュワードが彼を迎えたが、路上のシンドゥラ人を見おろして首をかしげた。あの服は、かなり高位の者の宮廷服だ。灰まみれの単騎行とは、何事があったのか。これは生かしてとらえねばならない。

メルレインを迎えたキシュワードは、よけいな挨拶はしなかった。

「弓箭兵《きゅうせんへい》！　とくに自信ある者二十名、前に出よ！」

キシュワードが命じると、たちまち二十騎前後の兵が弓を手に前《すす》み出た。キシュワードの、日ごろの調練の賜物《たまもの》である。彼は、灰のなかの怪物を指《さ》しめして指示した。

「こちらの十名は、やつの左眼をねらえ。そちらの十名は右眼だ。よいな。かまえ！」

多くを語る必要はない。二十の弓が鏃《やじり》を上方へ向け、呼吸をそろえて、いっせいに射放した。

巨人の顔へと集中した二十本の矢は、だが、半数が巨人の手と腕で払い落とされた。残る半数のうち、一本はみごと眉間《みけん》に命中したが、鉄板にあたりでもしたかのように、はね返される。

巨人はうめきながら、刺さった数本の矢を抜きとりはじめた。人間が針を抜くように。その間に、右の眉の上、唇の真下の顎《あご》、左の頰……と突き立ったが、つぎつぎと引きぬかれ、放りすてられていく。

突如、乗馬を躍らせたのはメルレインだ。灰塵《かいじん》を巻きあげて左後方から巨人に肉薄《にくはく》する。鐙《あぶみ》を踏んで身体を伸ばすと、抜き放った剣を両手でにぎりしめ、全力をこめて右下から左上へ斬りあげた。刃は巨人の左手首近くを、閃光となって通過し、黒い影を宙に飛ばした。

腕を斬った、と思った。だが、音をたてずに灰の上にころがった肉の塊には、鉤状《かぎじょう》の爪がついていた。メルレインが切断したのは、巨人の腕ではなく指であった。

苦痛の咆哮がとどろく。人間とて、指を切断されれば、悲鳴をあげるであろう。巨人は腕を振りかざし、憎悪をこめて振りおろした。うなりを生じた一打は、メルレインの乗馬すれすれに落ちかかって、膨大な灰を舞いあげた。命中していれば、メルレインの全身は撃砕《げきさい》されていたにちがいない。慄然《ぞっ》としたが、表情には出ないのが、メルレインという男だ。

メルレインの乗馬が宙に躍る。

その鞍上《あんじょう》で弓を引きしぼった族長代理は、顔色ひとつ変えず、姿勢もくずさず、狙《ねら》いをさだめて力いっぱい射放った。

矢は死の流星となって、巨人の左耳へと飛び、耳道《じどう》深く突き立った。矢羽が耳にあたってはじけ飛んだほどの弓勢である。蛇王ザッハークと闘うため考えに考えた戦法であったが、効果はなかった。

「ちっ」

着地した馬上で、メルレインは舌打ちした。もともと無理だとは思っていたが、一矢で巨人を斃《たお》せるとすれば、芸香《ヘンルーダ》を塗った矢を耳から脳へ撃ちこむ以外にないだろう、と思っていた。やはり無理であった。

「だが、矢でなく槍ならどうだ」

燃えさかる闘志が、恐怖を圧倒し、いまや蛇王ザッハークらしき巨人は、メルレインにとって狩りの獲物でしかない。

キシュワードも大差なかった。幼児のころから蛇王に対する畏怖《いふ》をたたきこまれてきたが、ついに遭遇し、闘うにおよんで、戦士としての灼熱した闘志が、逃走を選ばせなかった。この巨人はここで斃す。斃さぬまでも、メルレイン同様、傷のひとつはつけてくれる。

「しかし、これが蛇王か？」

キシュワードは、いぶかった。千年にわたって地上を虐政《ぎゃくせい》のもとに支配し、その後三百余年、魔山デマヴァントの地底で再臨と復讐の刻《とき》を待ちつづけた怪物の力は、このていどのものか。巨大ではある。怪力でもある。だが、心臓を氷の手でわしづかみにされるような恐怖はおぼえなかった。これまで三百余年にわたって、パルス人たちは、影におびえてきたのではないか。

キシュワードは、降灰や熔岩を考慮しつつ、二万の兵を展開させた。

その間、徒歩で灰の上を身を低くして小走りに巨人に接近する者がいた。ジャスワントである。話に聞く蛇王も、シンドゥラ人にとっては図体がでかいだけの猛獣にすぎない。

ジャスワントは、巨人の後方にまわりこむと、地に這《は》うような低い位置から、強烈な斬撃をくり出した。ねらったのは、巨人の踵《かかと》の腱《けん》である。閃光が水平に走り、何かが弾《はじ》けるような音がひびきわたった。

「やった、これでやつは動けなくなる」

身を起こして十数歩を走りながら、ジャスワントは自分の斬撃の成果をたしかめた。巨人は大きくよろめくか、足首をおさえてうずくまるか、いずれにしても打撃を受けただろう。そう思ったが、ジャスワントの予想は外《はず》れた。巨人は、腱の切れた足を引きずりながら、なお灰を舞いあげ、樹々をなぎ払い、大小の石を蹴散らしながら、動きをとめない。

「……こやつ、斬っても突いても血が出ぬ」

いまいましげな声は、メルレインのものだ。それを聞きながら、巨人の後方へまわりこもうとしていたジャスワントは、正面から、意外な人物に出くわした。巨人の姿を見たときよりも、おどろきは大きかったかもしれない。先に声を出したのは、灰まみれの男のほうだった。

「ジャ、ジャスワント……!?」

「バリパダ！」

「何だ、知りあいか」

双刀の刃につもろうとする灰を振り払いながら、キシュワードが問いかけた。

ジャスワントがうなずく間に、バリパダが馬首をひるがえして逃げようとする。その行動に、ジャスワントは不審を感じた。

「待て、逃げるな！」

自分の馬に駆けよりながら、ジャスワントはどなった。

「とどまれば、客としてあつかう。だが、逃げるなら虜囚《とりこ》にするぞ!」

その声がかき消されたのは、落雷に十倍するほどの轟音《ごうおん》であった。

厚い灰の幕をすかして、紅と黄金の炎が上方にわきあがり、流れ下ってくる。あとからあとから、炎はわき出し、押しよせてきた。デマヴァント山がまたも噴火したのだ。炎の大蛇が、濃い灰色の視界を急速に近づくのを見て、パルス兵たちは戦慄《せんりつ》した。

「熔岩だ!」

「火砕流《かさいりゅう》も来るぞ!」

キシュワードが叫んだ。

「逃げろ! 死ぬ気で走れ! 騎兵は歩兵を鞍の後ろに乗せてやれ!」

最後の指示は、思慮に富むキシュワードならではのものであったろう。

「高処《たかみ》に上れ!」

「急げ! のみこまれるぞ!」

メルレインもジャスワントも叫び、灰を吸いこんで咳《せ》きこんだ。二万余の兵は必死になって坂を上り、灰で足をすべらせる。

「おおおおおん……!」

人間のものではありえぬ叫びが、天と地の間を埋めつくした。思わず足をとめて振りかえった者もいたほどだ。巨人は、熱灰につつまれ、巨大な熔岩にはさまれて動けない。

巨人の下半身が灼熱した流れにのみこまれた。

ふたたび咆哮《ほうこう》があがり、紅く黄色く視界を灼《や》く火の飛沫が四方へ飛ぶ。あたかも、蛇王がその巨体から火の蛇を産《う》み出し、天地を呪詛《じゅそ》しているかのようだ。灰の雨のなか、雷光がひらめき、苦悶する大地はのたうちまわって灰もろとも人馬をのみこむ。足をすべらせた兵士が、丘の斜面をころがりおち、熔岩の流れに落ちこんでいく。

「なるべく顔をかくせ！　灰を吸うな！」

メルレインが叫ぶ。

「眼に灰がはいってもこするな。眼球を傷つけるぞ！」

正しい指示だったが、兵士たちはなかなか、したがわない。眼前に展開する灼熱の地獄絵図から視線をはずせないのだ。舞いくるう炎と熱の嵐のなか、巨大な黒影が苦悶し、生きながら焼かれている。頭上に盾をかざして身を守りながら、人間たちは声と息をのんでいた。

VI

その凄絶な光景を、半ファルサングほど離れた高処《たかみ》からながめている二騎の影があった。イルテリシュとバシュミルである。イルテリシュの紅《あか》い眼は、灰の雨など造作もなく見通すようであった。

「あ、あの巨人は見殺しになさるのでございますか」

「蛇王さまのおおせだ」

「……私は、あの巨人をパルス軍と本格的に闘わせるおつもりかと思っておりました」

イルテリシュは紫色の唇を慄《ふる》わせ、声をたてずに笑った。

「千本の毒矢を同時に射こまれれば、それまでのこと。ばかでかい死屍《しかばね》をさらすだけよ。だが、どんな形であれ、ここで死ねば、パルス人どもをたばかってやれる」

「あ……」

「蛇王を斃《たお》した、とて、狂喜乱舞するであろう。その先に待つのは油断。油断を突くのは奇襲よ」

イルテリシュは紫色の口から、ゆがんだ笑いを吐き出した。

慄然《ぞっ》とする一方で、バシュミルは奇妙な安堵感をおぼえた。イルテリシュが、武将としてのまっとうな感覚をうしなっていない、と思ったからである。おぞましい魔道か妖術かにとりつかれているのはたしかだが、不治とはかぎらない。時がたち、邪毒がうすれ、正常な人心を回復していけば、イルテリシュこそが、いったん亡び去ったトゥラーンを再興できる唯一の人物であるにちがいなかった。

「地の涯《はて》までも、おともいたします。イルテリシュ陛下」

バシュミルが一礼すると、イルテリシュはめんどうくさそうに無言でうなずいた。

「おおおおおん……」

巨人の咆哮《ほうこう》が、弱く小さくなっていく。

パルス軍の将兵は、巨人の腹が、胸が、肩が、熔岩の流れに没し去っていくありさまをながめつづけていた。自分たちが負った火傷《やけど》のことも忘れて。


その機に乗じて、ひとりの男がそろそろと動きはじめていた。斬り裂かれ、焼けこげた宮廷服を着こんだシンドゥラ人である。

めざとく見とがめたメルレインが、鋭い一喝をあびせた。

「待て、どこへいく」

「きさまの知ったことか」

「知りたいわけではない。とめただけだ」

「高言《こうげん》するものよな。とめられるものなら、とめてみよ」

バリパダが剣を持ちなおした。

その瞬間、バリパダの頭上が蔭《かげ》った。反射的にバリパダが視線を上に向ける。視界いっぱいに、ゾット兵たちの投げつけた網が広がった。またしても、反射的に刀をふるって網を斬り裂こうとした瞬間、飛鳥のごとき黒影が、バリパダと乗馬をかすめ去り、刀を宙へはね飛ばしていた。

「てこずらせやがって」

剣をひと振りして、メルレインが舌打ちする。

白手《すで》となったバリパダは、馬上から転落し、網のなかでもがきまわったが、棍棒《こんぼう》で乱打され、弱ったところを引きずり出されてしまった。

「キシュワード卿、これでいいか」

「上等だ、メルレイン卿」

うなずいたキシュワードは、もうひとりのシンドゥラ人をかえりみた。

「ジャスワント卿、妙な案配《あんばい》になったが、このシンドゥラ人、事情が知れぬまま殺すわけにもいかず、逃がすわけにもいかぬ。おぬし、百騎ばかりつれて、この者をエクバターナまで連行してくれぬか」

手枷《てかせ》をはめられるバリパダを見ながら、ジャスワントがうなずく。

「承知いたしました。王都で陛下にご判断をあおぐのでござるな」

「そうだ。それに、デマヴァント山の件、チュルク軍の件も、わかったかぎり、ご報告申しあげてくれ」

「うけたまわった。すこし、この者を治療してやって、よろしゅうござるか」

「もちろんだ」

ただちに檻車《かんしゃ》がつくられはじめる。

千騎長バルハイが、黒い口髭を引っぱりながら、部下たちに指示を下していたが、キシュワードに馬を寄せ、一礼して問いかけた。

「これですんだのでございますか？」

「さて……」

「であれば、パルス国のためには、めでたいことでございますが、正直、いささかあっけなく思えます。あのていどで蛇王が死ぬとは……」

「まだ、すんでいない」

答えたのはキシュワードではなく、メルレインであった。

灰の降りかたが、かなり弱くなり、デマヴァント山につらなる山々の一隅に、黒いものがうごめいている。ひとつの生物のようにも見え、何かの群れかとも思われた。

「あれは？」

「チュルク軍と見た」

「たしかに」

キシュワードがうなずく。敵が人間の集団とあれば、双刀将軍《ターヒール》の出番である。

ジャスワントが問いかけた。

「いまデマヴァント山より蛇王らしき巨人があらわれ、つぎはチュルク軍らしき一群が出現し申した。これは偶然でござろうか」

「偶然でない、とすれば、蛇王ザッハークとチュルク国との間には、何か関係があるぞ」

「まさか、やつら、同盟の密約を……」

「人と魔が同盟？」

「ありえることだ」

場ちがいなほど陽気な声がして、一騎の影があらわれた。甲冑こそまとっていないが、弓矢と剣は帯びている。キシュワードが苦笑した。

「ギーヴ卿、またおぬしか」

流浪の楽士は、きざな手つきで袖の灰をはらった。

「正義の危機には、いつもあらわれるのが、わが務《つと》め。いまも国境をこえたチュルク軍を偵察してきたところだ。闘いは、ご一同にゆだねて不安はなかったゆえ、よけいな手出しはしなかったがな」

「ギーヴ卿、おぬしの見るところ、チュルク軍の兵力はどれくらいだ？　一万、二万？」

「もうすこしいるな」

「ではどのくらいだ？」

「約五万、と見た」

「五万⁉」

キシュワードとジャスワントが、声をそろえた。

メルレインは無言で眉をしかめる。

声をととのえて、キシュワードが、デマヴァント山の方角を指さした。

「あの炎と熔岩と灰をこえて、五万の兵を動かすというのか。正気の沙汰ではないぞ。ここへ生きて到着できる兵のほうが、すくなかろう」

「おれも同感だが、現にやつらは近づいてきている。おれが偵察しているうちにも、ばたばた倒れていくが、それを踏みこえてくる」

キシュワードは息をのみかけ、灰のことを思い出してあわてて吐き出した。

「それならそれでよい。生き残りの兵がたどりついたところで、片端《かたはし》から斬りすててくれよう」

ギーヴは肩をすくめた。

「おれは勧《すす》めないね」

「なぜだ」

ギーヴはやたらと瞬《まばた》きした。灰が片目にはいったのだ。

「キシュワード卿、やつらが蛇王の軍勢の一部だとすれば、人間以外の者どもは空を飛べる。おれたちが地上で戦っているうちに、空を制されたら、王都まで危うくなるぞ」

「地上をやってくる人間の部隊は囮《おとり》か」

ジャスワントが質《ただ》すと、ギーヴは、瞬きをつづけながら応じた。

「蛇王にしてみれば、眷属《けんぞく》どものほうが主力。なぜそうなったかは知らんが、五万人ていどのチュルク人、死のうが生きようが、痛痒《つうよう》は感じまい。だが、おれたちがそれにつきあう必要も義務もない」

ジャスワントがキシュワードを見やる。

「わかった。撤退しよう」

キシュワードは決断した。

熔岩のなかに消え去った巨人が、真の蛇王ザッハークか否か、国王《シャーオ》アルスラーンに報告せねばならない。火炎地獄のなかを強行突破してくるチュルク軍に敗れるとは思わないが、パルス軍は西に布陣している。つまり風下であり、矢戦《やいくさ》の段階から、すでに不利である。

「急げ！　まずソレイマニエまで退《ひ》き、そこで部隊を再編する。王都へ向かうか、ソレイマニエを堅守するか、そのいずれかを判断せねばならぬ」

「そのあたりのことは、キシュワード卿が一番たくみだから、おまかせする。おれはひと足早くソレイマニエにいかせてもらう」

「おう、ギーヴ卿、そうしてくれ、ソレイマニエの住民たちに危急を知らせてくれるのだろう、たのんだぞ」

ギーヴは指先で涙と灰をぬぐうと、ふたたび場ちがいな笑みをうかべた。

「それは引き受けたが、私的な用事もあるのでな」

「私的な用？」

「もちろんファランギースどのにはおよばぬが、そこそこ助ける価値のある美女を三人ほど見つけた。アシ女神の敬虔《けいけん》な信徒としては、救ってやらねば神罰が下るのでな」

平然と言ってのけると、ギーヴは片手をかるくあげて挨拶するなり、馬腹をかるく蹴って走り去っていく。キシュワードとジャスワントは顔を見あわせ、肩をすくめあった。

Ⅶ

ジャスワントはソレイマニエを通過して王都へ直進した。ギーヴのことは放っておいた。あの奔放不羈《ふき》なパルス人の言動は、とてもジャスワントの手におえない。おとなしくアルスラーンにつかえて不満もいわないのが不思議なくらいだが、事実、一度もさからったことがないのだから、ますます不可解である。

「おい、ジャスワント、すこし、おれの話を聴いてくれ！」

バリパダは幾度かジャスワントに話しかけたが、ジャスワントは一度も返答しなかった。それどころか、自分は部隊の最後尾を守って、バリパダの檻車《かんしゃ》を監視し、部下に命じて、自分の考えをバリパダに伝えさせた。

「ここはパルスで、これはパルスの軍隊だ。シンドゥラ人どうしシンドゥラ語で話しあったりすれば、よけいな疑惑を招く。おれは、王都で陛下にご報告するまで、おぬしとは口をきかぬし、十ガズ以内の距離にも近づかぬ」

バリパダは歯ぎしりしたが、どうしようもなかった。武器もないし、両手には枷《かせ》がはめられている。

双方ともに不快な七日間の旅だったが、ジャスワントが隙を見せなかったので、一行は無事、王都に到着した。先に急使を出しておいたので、王宮ではすでに準備をととのえて待機していた。アルスラーンはダリューンやクバードらを左右にひかえさせ、エラムを玉座の左後方に侍立《じりつ》させている。ジャスワントにねぎらいの言葉をかけてから、バリパダに質《ただ》した。

「そなたのことは、ダリューンからもジャスワントからも聴いた。ラジェンドラどのから厚い信頼を寄せられているそうだが、なぜ、そのような姿で、ここにいるのかな」

「理由を申しあげます、アルスラーン陛下」

ここぞとばかり、バリパダは、大声をはりあげた。

「私めは、ラジェンドラ王のもとから脱出してまいったのでございます」

「脱出？」

「はい、私めはラジェンドラ王の謀略に反対して、投獄させられていたのでございます」

アルスラーンはかるく眉をひそめ、ダリューン、クバード、ファランギースらは意味ありげな視線をかわしあう。

「ラジェンドラどのの謀略とは何か、教えてくれるか」

「もちろんでございます。わが旧友たるジャスワントも、私めの言葉を保証してくれるでしょう」

ジャスワントに対して、バリパダは含むところがある。王都に着くまで、ついに一語もかわさなかった。いざとなれば巻きぞえにしてやる。

「ラジェンドラ王は、現在、パルスに侵攻する陰謀を、着々とすすめております。盟邦《めいほう》に対し、あまりな背信《はいしん》行為」

アルスラーンは無言でバリパダを見つめている。

「私はラジェンドラ王を諫止《かんし》いたしましたが、聴く耳を持ちませぬ。それどころか私めを殺して口封じをしようとするありさま。やむをえずして単騎、貴国に到り、祖国の破滅をふせごうと思案したのでございます」

しばらくしてアルスラーンが口を聞いた。

「エクバターナ城司クバード卿」

「ははっ」

「このおしゃべり者のシンドゥラ人を、牢へ入れておいてくれ。いずれラジェンドラどのへ引き渡す」

仰天のあまり、バリパダはのけぞった。

「ア、アルスラーン陛下、何とて私めの申しあげることにお耳を貸していただけぬのですか。ラジェンドラ王の思うつぼでございますぞ！」

「ラジェンドラどのは、そのようなことはなさらぬ」

「ラジェンドラ王を信用なさるのですか。あの王は平気で虚言《うそ》をつく御仁でございますぞ！」

「よく存じている」

そっけなく応じて、アルスラーンは臣下たちを見わたした。クバード、ダリューンをはじめとして、一同が哄笑《こうしょう》する。もともと怜悧《れいり》なバリパダであったが、五年以上も東方国境にいて、西方の事情にうとかったのが、致命的であった。

クバードが立ちあがって巨腕をのばし、バリパダの襟首をつかんだ。

「エクバターナ城司さまみずから、おぬしを牢へつれていってさしあげよう。心配するな、酒と女はだめだが、食い物にはこまらせん」

バリパダが手も足も出せず引きずっていかれると、一時、休憩ということになり、アルスラーンはエラムをともなって内庭に出た。

「エラム」

「はい、陛下」

「ラジェンドラどのには悪いが、あのありさまでは、シンドゥラ国もわが国によけいな手を出す余裕はなさそうだね」

「御意《ぎょい》」

エラムの反応は、いささかぎごちない。ナルサスの叱責がまだ徹《こた》えているのだ。その肩を、アルスラーンは親しみをこめて抱いた。

「エラム、その後、彼女とはどうなんだい？」

「え、彼女と申しますと？」

「ほら、すこし前にはいってきた女官だ。たしか、そう、アイーシャとかいったな」

「はあ⁉」

エラムは思わず、はしたない声をあげた。

「ア、アイーシャなる者、あきれはてるばかりに不器用で、不調法《ぶちょうほう》で、まともに見ていられませぬ。僭越ながら毎日、叱っておりますが、いいのは返事ばかりで……」

「へえ、そうか、毎日、仲よく語りあっていると聞いたが」

「そんな無責任な噂を、いったい誰が……」

「女官たちが」

「そういうお婆さんやおばさんたちの戯言《ざれごと》を信じないでくださいませ！」

　エラムがむきになると、アルスラーンは笑いかけたが、急に表情を変え、青銅製の獅子《シール》像の蔭《かげ》に身をかくした。

「どうなさいました」

「まずい、ルーシャンだ」

「宰相《フラマータール》閣下であれば……」

「いや、つかまったらまた嫁をもらえとお説教される。休憩は終わりだ。すぐ皆をあつめて、ジャスワントからデマヴァント山の話を聴こう」

　ふたりの若者は、小走りに建物へと戻っていきながら、視線をあわせ、どちらからともなく笑い出した。

　まだこの時期には、笑いあう余裕があったのだ。


　パルスの東部やシンドゥラなど、日の昇る方角で、天変地異や人災があいついでいる間、日の沈む方角の国では、あわただしく準備がすすめられていた。テュニプの即位と、パルス侵攻の準備である。騎兵、歩兵、戦車兵、合計十万が動員されることになっていた。

「さてさて、この顔とも三年以上のつきあいか。いいかげん飽きたが、ミスル軍とともに行動する間は、顔を変えるわけにもいかぬな」

　王宮の一角、孔雀姫《ターヴース》フィトナの居室からさほど離れていない。せまく薄明るい一室である。鏡の前で、ひとりつぶやいている人物は、ラヴァンと称する男であった。丸い顔に掌《てのひら》をあて、輪郭を下から上へなであげると、円形の線が内側にくぼみ、まっすぐに伸びて面長《おもなが》になる。両眼を掌でなでると、細い眼がひろがる。鼻が隆《たか》くなり、唇が鋭く引きしまった。

「ふふ、なかなかいい男ではないか」

低く笑う声の質も、異様な迫力をおびていた。

チュルクの首都ヘラート。国の内外に知れわたる階段宮殿の最上階で、アンドラゴラス王であった男は玉座につき、牢獄に使われる太い鉄棒をねじ曲げている。人の力ではありえなかった。

魔道士グルガーンだけが、床の上にひかえている。ねじ曲がった鉄棒を、蛇王ザッハークは、つまらなさそうに投げすてた。硬く、むなしい音がして、鉄棒は床にはねた。

「予の力は、あの泥人形の全身にみなぎっておった。それがすべて、この人間の身体に詰めこまれた。予の膂力《りょりょく》は、凡人どもの十倍をこすであろう」

グルガーンは無言のまま、うやうやしく頭をさげた。

「だが、膂力など、些細《ささい》なものだ。予の力を見よ。あおぎ見るのだ。デマヴァント山は火を噴いて崩れ落ち、空は灰と煙で暗夜と化し、地には熔岩があふれる。今年も来年も、パルスの大地からは、ひと粒の麦もとれまい」

蛇王が笑うと、左右の肩から生《は》えた蛇が、歓喜の舞いをなすごとく宙で蛇身をくねらせた。

地上に存在するすべての悪意と敵意が、パルスへ、エクバターナへと集中しつつある。

第四章

血と灰

15

I

ジャスワントの報告は、王都エクバターナにもたらされ、国王陛下の御前会議は、重い雰囲気につつまれた。

「真の蛇王ザッハークとは思えぬ、か」

アルスラーンは考えこんでしまった。あまりの意外さに、混乱してしまいそうだ。

「その巨人とやらは、蛇王の肉の器にすぎなかった、ということだろうか、ナルサス」

諸将の注目をあびて、宮廷画家は、淡々と奉答《ほうとう》した。

「おそらくさようでございましょう。いかに考えても、もろすぎますし、斬っても突いても血が出なかった、ということは、生き物とは思えませぬ」

「……そうだとすると、では、真の蛇王はどこにいる？」

座を鋭い緊張が一周した。

「無責任にはお答えいたしかねますが、あえて申しあげれば、ついに時至《いた》りて、べつの器に乗りかえたのでございましょう」

「乗りかえた？」

では蛇王とは自分自身の肉体を持たぬ存在であるのか。だとすれば、さらにおぞましい。

「陛下、前王アンドラゴラス陛下の御遺体が、王墓より盗み出され、いまに至るも発見されぬこと、憶えておわしますか？」

ナルサスの問いに、アルスラーンは首肯《しゅこう》した。

「うん、憶えている。王墓管理官《ニザル・ハラーフル》の、ええと、そう、フィルダスがえらく気に病《や》んでいて、気の毒だったが……」

アルスラーンは急に口を閉ざし、ナルサスを直視した。ナルサスは沈黙をもって応じる。しばらくして、アルスラーンがうめいた。

「ナルサス、まさか……」

「可能性がございます」

「前王陛下のご遺体に、蛇王ザッハークが乗りうつったというのか」

満座の緊張とおどろきは飽和して、「円座の間」の室外にあふれ出しそうに思われた。豪胆な歴戦の武将たちが無言のなか、アルスラーンが溜息をついた。

「私にはわからない」

「どのようなことでございましょう?」

「蛇王ザッハークは、なぜ復活を望むのか、ということだ」

諸将は、ダリューンやナルサスにいたるまで、いささか呆気《あっけ》にとられて若い国王《シャーオ》を見つめた。生まれたときから、否、生まれる以前から、当然のこととして疑問をおぼえたことはない。その大前提を衝《つ》かれたのだ。

ややあって、キシュワードが口を開いた。

「それは、往古《むかし》のように世を暗黒と化せしめ、虐政をおこない、人々を苦しめたいからでございましょう」

「そこなんだ、私が真に理解できないのは」

アルスラーンは一同を見まわした。

「そんなことをして、何が愉《たの》しい? 世を暗黒にし、人を不幸にして、何がおもしろいのだろう。蛇王と対決する日が近づくにつれて、それが知りたくなった。皆はどう思う?」

若い国王の問いに、イスファーン、ダリューン、キシュワードがつぎつぎと奉答した。

「そこまで考えたことはございませんでした」

「蛇王なれば当然のこと、と思っておりました」

「そのような悪業を喜ぶやつだからこそ、斃《たお》さねばならぬと心得ております」

力感に満ちた太い声が、反問した。

「陛下、まさか蛇王と話しあって、ことを穏便《おんびん》にすませるおつもりではございませんでしょうな。不遜《ふそん》ながら、それはお甘うございますぞ」

隻眼《せきがん》の猛将クバードであった。

「そんなことは考えていない。残念ながら、話の通じる対手《あいて》ではない。長きにわたり、天災と人災によって多くの生命をうばった。罪はかならず償わせる」

アルスラーンは敢然として答え、内心でエラムは胸をなでおろした。その間、ナルサスは腕を組み、両眼を閉ざして沈黙を守った。

「……だが、神々の下したもう罰と、蛇王ザッハークのもたらす災厄とを、人はどのように区別すればよいのだろう」

またしても、諸将は沈黙する。たしかに、天災が生じたとき、「神罰が下った」という者と、「蛇王ザッハークの呪いだ」と主張する人とがおり、両派の間にあらそいが生《しょう》じることすらあった。

今度、口を開いたのは、女神官《カーヒーナ》ファランギースであった。

「陛下、おそれながら、陛下は地上の統治者であらせられます。天意《てんい》は人の知るところではございません。いかような原因であれ、地上に災厄が生じ、民衆が苦しむことがありましたら、それに最大限に対処あそばすことが、王者の義務と心得ます。無礼の言、お恕《ゆる》しくださいませ」

アルスラーンは、くりかえしうなずいた。

「そうだな、ファランギースのいうとおりだ。私は、天地の理《ことわり》を考える前に、人々の苦しみをへらさなくてはならないな」

こうして諸将は、めんどうな哲学的問答から解放されたのであった。

新マルヤム国王ギスカールは、もともと信心深いイアルダボート教徒ではなかったが、いまや神を呪う心境に達していた。生まれてから今日まで、神とやらがギスカールに何をしてくれたというのであろう。今日《こんにち》のギスカールが存在するのは、すべて彼の努力と苦労と精励《せいれい》の結果ではないか。

ギスカールが生まれたとき、彼の隣にはすでに兄のイノケンティスがいた。神が彼に、この無能で無気力な兄を押しつけたのだ！

兄にとっては幸運であろう。弟が生まれて以来、学問も武芸も、政治も軍事も、弟にゆだねきりであった。弟をこの世で一番、信頼し、疑うこともせず、実権をすべてにぎられても嫉妬《しっと》しない。弟は腹も立つが、こうも無邪気に信頼されると、怒るに怒れず、奇妙な兄弟関係は三十年以上つづいた。

「よく生きていたな、銀仮面卿」

「おたがいに悪運が強くて、けっこうなことでござるな」

ヒルメスは、素顔だが、ギスカールはあえて旧知の名で呼んだ。反応を知りたかったのだが、ヒルメスは怒気《どき》をしめすわけでもなく、短剣をもてあそんでいる。ギスカールは動くに動けない。

「いったい、どこで何をしていたのだ」

「話す価値もござらぬよ。気にしないでいただきたい」

チュルクでのつつましやかな生活、仮面兵団をひきいてのシンドゥラ侵攻、ミスルへの逃亡、孔雀姫《ターヴース》フィトナとの出会いと別れ……波乱とも不安定ともいえる四年余であった。

シンドゥラ国王《ラージャ》ラジェンドラあたりが聴いたら笑い出すであろうが、ヒルメスは、死せるチュルク国王カルハナに恩を感じていた。結局、あの山国で暮らしていた三年間が、ヒルメスにとっては、これまでの人生でもっとも落ちついた月日だったのである。

かなり長い間、話しあった末、ギスカールはヒルメスに「説得」され、前日まで考えてもいなかった企図《きと》を受け容《い》れた。

パルスへの遠征。

国王ギスカールが決定をあきらかにしたとき、新マルヤム王国の宮廷に、歓迎する空気はすくなかった。

コリエンテ侯とトライカラ侯は、たがいに派閥をつくって権力抗争をつづける関係であったが、この一件に関するかぎり、共同して異をとなえた。

「おそれながら、陛下、偽教皇のボダンめを誅殺《ちゅうさつ》いたしてより、それほど月日も経《た》っておりませぬ。いまはまだ、国内をまとめ、国力を蓄積《ちくせき》する時期ではございませんか」

「もともとマルヤムとパルスとの外交関係は良好でございました。交易も復活しつつあります。あえて現状を変更する必要はないか、と愚考《ぐこう》いたします る」

「そもそも、出兵の大義名分もございませぬ」

おどろき、興奮する重臣たちを説得しながら、内心でギスカールはつぶやいた。

「まったく、お前たちのいうとおりさ」

Ⅱ

「マルヤムか……」

豊かな国ではなかったが、海と陸とが交差する風光は美しく、陽《ひ》の光も風も美しい。ヒルメスはこの国がきらいではなかった。

もともとギスカールを無能だと思ったことは、ヒルメスはない。余計者の兄と、妨害者のボダンとが消えてしまえば、マルヤムていどの国を統治するのは、易々《いい》たるものであろう。富を蓄積し、領土を拡大し、大国を建設するのも不可能ではないと思われた。

「ふん、名君ギスカールか」

ヒルメスは鼻で笑ったが、気分は複雑であった。

すくなくともギスカールは、ボダンを処刑し、一国を支配している。ヒルメスよりは建設的な成果をあげているではないか。

「かつてマルヤム人を大量に虐殺した罪は、すべてボダンに押しつけてやった。だからマルヤム兵が背《そむ》く恐れはないと思うが……」

もちろんギスカールは積極的にパルス遠征を考えているわけではない。ヒルメスに対してそう説明するのも消極性のあらわれだ。ヒルメスとしては、けしかける必要があった。

「コリエンテ、トライカラといった輩《やから》は、このままマルヤムの大臣として、小さな栄華を望んでおるだけ。彼らのいうがままになっておられたのでは、大志も飛躍もあったものではございませんぞ」

「……まあ、そうであろうな」

「彼らがあくまでも国王の意思に反するつもりであるなら、私が、彼らを誅《ちゅう》してさしあげてもよろしゅうござるが」

「そう早まるな。おぬしのように、反対する者をすべて斬りすてておっては、軍を指揮する者がおらぬようになるわ」

ギスカールは苦《にが》りきった。

彼には、ヒルメスの心情が理解できないわけではない。ヒルメスは少年のころから剣一本でみずからの運命を切り拓《ひら》いてきたので、何か障害があれば、剣が鞘走《さやばし》る性向に育ってしまった。みずからをかえりみて、「少年時の教育はたいせつだな」と、妙な感慨をいだくギスカールである。

とりあえず、ギスカールは、トライカラとコリエンテの両者を、侯爵から公爵へと昇格させた。まったく費用のかからない懐柔策である。ふたりの「公爵」を喜ばせておいて、ギスカールは説得した。

「パルス遠征は、野心ゆえではない。彼《か》の国の王と称するアルスラーンは、公言しておるように、パルス王朝の血を引いておらぬ。これを放置しておけば、いずこの国においても王統が乱れ、ひいては世界が混乱しよう」

「さようでございますなあ」

「さらに、アルスラーンは、奴隷を解放し、人身売買を禁じ、大貴族の領地を奪《と》りあげ、パルス社会を混乱におとしいれた。さて、その領地は、今後どうなる?」

わざとらしく言葉を切ると、コリエンテやトライカラの眼に欲の色が浮かびあがる。

マルヤムの貴族や重臣たちを説得しながらも、ギスカールの内心では不安と懸念とが手をとりあってダンスを踊っていた。

熱弁をふるうギスカールを、ヒルメスは冷淡に見物している。ヒルメスが使嗾《しそう》し、脅迫してのこととはいえ、ギスカール本人がしだいにその気になっていくのがわかる。パルスに奪りかえされた財宝の山も、さぞ惜しかろう。

ギスカールは、ヒルメスに相談した。

「いまさらのことだが、マルヤム兵は、そう強いとはいえぬぞ」

「ご心配あるな。兵の強さは将の指揮による。古来の鉄則でござろう」

「たしかにそうだ。だからこそ、四年前、モンフェラートとボードワンを喪《うしな》ったのが痛い。あの両名が健在であってくれれば、一度に十五万から二十万の兵を動かせるであろうに」

「惜しんでも詮《せん》なきことでござろう」

コリエンテもトライカラも無能ではないが、どの ていど大軍の指揮ができるか、おぼつかない。ギスカールとしては、ヒルメスとの同盟を復活させた以上、軍事に関しては彼の才幹を用いるのは当然であった。といって、必要以上の兵力をあたえては危険だし……。

「パルス軍を撃滅する必要はござらぬ」

「なに？　それはどういう意味か」

「アルスラーンひとりを殺せばすむことでござるよ」

「それはたしかにそうだが……」

「やつはまだ独り身、妃《きさき》も子もおらず、アルスラーンを殺せば、パルス一国をたばねる者はおりません」

つい先日まで、ヒルメスは、ミスル国において、反アルスラーン派のパルス人たちを組織してきた。ゆえに、その点を知りつくしており、自信をもってギスカールを説《と》くことができる。

「ふむ、いわれてみれば、たしかにそのとおりだがな」


五年前、第一次アトロパテネ会戦の際には、国王《シャーオ》アンドラゴラス三世を捕虜としながら、王太子アルスラーンを逃したばかりに、反ルシタニア勢力を結集させてしまった。今回は異《こと》なる。アルスラーンが殺害されれば、それに代わる者は存在しない。パルスは四分五裂し、国として成立できなくなるであろう。

そのとき、ヒルメスが「英雄王カイ・ホスローの正嫡《せいちゃく》の子孫」として登場すれば、大義名分の上から、対抗できる者はいない。

こうしてパルスを手に入れたら、否、奪《と》りもどしたら、ギスカールをいかにあつかうか。殊勝にしていれば、国境地帯と財宝の一部ぐらい、くれてやってもよい。それで満足しないのであれば、暗黒の世界へ送りこんでやるだけだ。じつは、アルスラーンとギスカールの立場は酷似《こくじ》している。国王ひとりが死ねば、国自体が成立しないのである。

こいつ自身は気づいているかな、と、ヒルメスが思っていると、ギスカールが口をまげた。

「いうは易《やす》いが、アルスラーンの傍には、つねに、黒衣の騎士がついておるぞ。あやつひとりのために、ルシタニアの名だたる騎士が幾人討ちとられたことか。爵位をもつ名家が、いくつも絶えてしまった」

「黒衣の騎士――ダリューンでござるな」

「そう、その男だ」

「ダリューンごとき……」

ヒルメスは歯ぎしりした。コートカプラでの一騎打ち。唯一の敗走の記憶が、彼の矜持《きょうじ》を黒い炎で焼いた。

「ダリューンごとき、私がこの剣をもって首を刎《は》ねてごらんにいれよう」

「自信があるのか」

「いわずもがな」

「たのもしい、期待させてもらうぞ」

内心ギスカールが期待したのは別のことであった。ヒルメスと、黒衣の騎士が相討ちになること、である。

彼は傍に置いていた、黄金づくりの箱をヒルメスに差し出した。

「受けとってくれ、銀仮面卿」

「これは？」

「再会の贈り物だとでも思ってくれ」

ヒルメスは不審そうに箱を受けとった。毒蛇がいっているとまでは思わなかったが、油断は禁物というものだ。
二、三瞬の沈黙につづいて、箱の蓋《ふた》をあける。箱の中から取り出したものは、銀色の仮面であった。五年前、着けていたものと、まったくおなじ造作に見える。ヒルメスは、かるく両眼を細めた。
「これは皮肉でござるかな、マルヤム国王陛下？」

「そう釈《と》ってもらうのはこまる。これはあくまで、おぬしの正体を隠しておくためだ。着用したくないなら、それでかまわんが、身分を明かすのは用心しておいたほうがよいと思ってな。とくにマルヤム人どもには」

「……たしかにそうかもしれませぬな。ありがたくお受けいたそう」

　ヒルメスはおおげさなまでに荘重な態度で仮面をつけた。こうして、他国の軍をひきいて祖国へ侵入する仮面の騎士が、ふたたび誕生したのである。

　騎士オラベリアは、あわただしい動きのなかで、残念そうに指先で卓をたたいた。

「またぞろパルス侵攻とはな。ドン・リカルドがいてくれたら、戦場でさぞ頼りになったであろうにな。いっても詮ないことだが……それにしても、あやつ、いまどこで何をしておるのやら」

　ふたりの女をつれて、どうやら国外へ脱出したらしいが、その後はまったく消息が知れない。

「あやつ」はマルヤムを遠く離れたパルスのソレイマニエという市《まち》で、生死を賭けた激闘のさなかだった。


　マルヤムと海をへだてたミスル国においても、あわただしく出兵の準備がすすめられていた。人、馬、戦車《チャリオット》、食糧や武器を満載した荷車。刀槍の光が秋の陽に反射し、ディジレ河のほとりには千艘《そう》にものぼる小舟が列《なら》べられた。

　新国王テュニプのもとで、パルス侵攻の準備は順調に進められている。表面的には、「南方の東西ナバタイ両王国を討つ」とされているが、そのナバタイと対峙《たいじ》していたテュニプが国都アクミームにいるのだから、説得力があるとはいえない。

　あるとき、ひとりで用兵計画に頭を悩ませているテュニプに、孔雀姫《ターヴース》フィトナが語りかけた。

「陸上では敗れても、かまわないではございませぬか」

「そなたは戦には素人《しろうと》だ。無用な口出しをするな」

「あら、素人の意見も、ときにはお役に立つこともございましょうに」

孔雀姫フィトナの妖しい笑みは、テュニプの疲労に温かい湯をかけるかのようだ。

「申してみよ。試《こころ》みに聴いてみよう」

「では陛下のお許しをいただいて」

さりげなく、たくみに媚《こ》びておいて、フィトナは語を発した。

「かさねて申しあげますが、陸上では敗れてもよいと存じます」

「なぜ?」

「いえ、敗れたふりをするのです。ディジレ河をこえて東へ進み、パルス軍と対峙いたします。そこで戦って、敗れてみせるのです」

このあたりから、テュニプの両眼に興味の色が浮きあがりはじめた。

「ミスル軍がディジレ河を渉《わた》って逃げれば、パルス軍は勢いに乗じて追ってまいりましょう。そのとき、機を見はからって、河の上流から船団を突入させるのです」

ほう、と、思わずテュニプは声を洩らした。

「そうすれば、パルス軍は、ディジレ河の西岸へ渉った部隊、東岸にとり残された部隊、河の渡中で船団に攻撃される部隊、と、三つに分断されます。船は小さいほうがよろしゅうございます」

「なぜ?」

「舟に兵を乗せる必要はございませぬ。藁《わら》と油をつんでもようございますし、ワニを乗せるのも一興かと」

「おどろいた。そなたが、それほどの軍略家とは、思いもよらなんだぞ。なるほど、兵力を三分させれば、いかにパルス軍が精強《せいきょう》だとて、思うようには戦えまい」

「しかも、僭王《せんおう》アルスラーンが西岸で孤立するような状況にでもなれば、とらえるも殺すも思いのまま。陛下は、パルス全土をミスルに併合なさることもかないましょう」

「……うむ、まあ、そこまで望むのは虫が好《よ》すぎようが……」

もともとテュニプは堅実な男であったが、四十にして国権をにぎり、一気に国王を称し、フィトナに惹《ひ》かれて、気づかぬうちに考えが浮ついている。

テュニプが帰るのを玄関まで見送って、フィトナは客間へもどった。

「出ておいで、ラヴァン」

幕の蔭から男があらわれた。眉より眼が細い小肥りの姿にもどっている。手をもみながら、深々と一礼した。

「おみごとでございました。これにて、孔雀姫さまに対するテュニプの信頼は、ますます厚くなりましょう」

「そなたのおかげ……と言いたいが、かの軍略には、わたくしもおどろいた。商人の身で、ようそれだけの知恵がまわるものじゃな」

「なに、成功するとはかぎりませぬて」

冗談めいた口調の底に、どす黒い悪意のかたまりが、とぐろを巻いている。それを感じとって、強気なフィトナも、心臓にしたたる一滴の冷水を自覚した。

「ラヴァン」

「はい、孔雀姫さま」

「そなた、何が目的で、わたくしの味方をする？」

ラヴァンは微笑した。表面はどこまでも好意に満ちた笑みである。孔雀姫は、なぜかその笑みを冷たく無視することができなかった。

Ⅲ

ソレイマニエの市《まち》からは住民の姿が消えた。すみやかに近くの山中に避難し、市壁内にいるのは、将兵と一部の役人だけである。このような手配を迅速におこなう手腕は、キシュワードならではのものだった。

敵が東から来る、と思われる以上、市の東側の防備を厚くするのは当然で、キシュワードは二万の兵のうち半数をその方面に配置した。皮肉なことに、熱い灰と岩石が公路をふさぎ、人馬の往来は、はなはだしく不便になった。交易には不便だが、軍事的にはいささか有利になったかもしれない。灰と岩石を踏みこえて進撃してくるのは困難である。とくに騎兵は、よほどの名騎手でもないかぎり、馬から降り、引いて歩かねばならず、歩兵より難業《なんぎょう》を強《し》いられるであろう。その分、わずかでも、空から襲来する敵に対して、兵と弓を割《さ》くことができる。

望楼に上っても降灰が見えるだけで、何の益もない。下を見ると、民家の屋根の上に、流浪の楽士が草の葉をくわえてすわりこんでいた。寝ころびたいが、灰がじゃま、というところだ。

「ギーヴ卿、つまらなさそうだな」

「当然だ、女がひとりもいない。琵琶《ウード》を弾《ひ》く甲斐もない」

「そのかわり、剣に思う存分、血を吸わせてやれるだろう」

「べつにうれしくないねえ」

ギーヴは草を吹きとばし、竪琴《バルバド》の弦に指を走らせた。彼をきらう者――つまりたいていの男にも、感歎の想いを抱かせる美技であった。

いわゆる「アルスラーンの十六翼将」のなかでも、アルスラーンにつかえる以前の経歴が不明なのは、この男だけである。これだけの武芸と歌舞音曲の技を、どうやって身につけたか、誰も知らない。本人も語ろうとしない。アルスラーンが尋《たず》ねれば答えるかもしれぬが、アルスラーンも尋ねようとしない。そこが神秘的だとて、ギーヴに寄っていく女性も多いから、パルスの男どもにとっては、ますます癪《しゃく》にさわるのであった。

「来た！」

千騎長バルハイがあえいだ。

薄い灰や煙のなかに、無数の黒点が見える。おそらく有翼猿鬼《アフラ・ヴィラーダ》の群れであろう。そして、灰を踏む異様な足音が、不気味に這《は》い寄ってくる。

「地上からも！」

「数は？」

「まだ責任あることは申せませんが、すくなくとも三万はおるようで」

こちらも灰塵《かいじん》のために全容を見わたすのはむずかしいが、小山のような黒影は、数万におよぶ人馬の接近を告げていた。

メルレインが短く冷笑した。

「芸のないやつらだな。正面から密集してやってくるとは」

「こちらとしては助かる。弓箭兵《きゅうせんへい》、整列！」

たちどころに、弓をかまえた兵士たちが、整然たる列をつくる。

「射よ！」

命令を待っていた、とばかり、パルス軍の弓列《きゅうれつ》が、矢の暴風をチュルク軍にあびせかけた。天地が矢に埋めつくされる。弓弦の鳴りひびく音、矢が風を切る音、人馬の悲鳴。

人馬一体となって倒れるチュルク兵の姿は、巨大化したハリネズミのようだ。その上に、べつの人馬が倒れこむ。市壁は城壁よりはるかに低く、人の背ほどしかない。つまれた人馬の死屍《しかばね》は、みるみる市壁の高さをこえるかと思われた。すでにメルレインは十五本の矢で十五騎を斃《たお》していたが、憮然《ぶぜん》としてつぶやいた。

「やつら、何のために、ここまでする？」

まさかパルス軍の矢が尽《つ》きるのを待つつもりではあるまい。パルスの弓箭兵は三千名、ひとりが五十本の矢を用意している。合計十五万本の矢が死の壁となって敵を斃していく。

ついに市壁が跳《と》びこえられた。降りそそぐ矢を払い落としたチュルク兵が、山岳騎兵の妙技を見せつけるように、市壁を跳びこしたのだ。勝利の叫びをあげて直刀を振りかざす。だが、その姿は忽然《こつぜん》と空中から消えていた。市壁のすぐ内側に掘られていた塹壕《ざんごう》へ落ちたのだ。

「わあああ！」

絶叫を放ちながら、他のチュルク騎兵も塹壕へ転落していく。といっても、人の背丈ほどの深さしかない。

「ざまを見よ。アトロパテネの悔やしさが、すこしは」

千騎長バルハイが哄笑したが、アトロパテネ会戦のときにつくられた濠ほど大規模なものではない。それは自然の断層を利用し、さらに人力で拡大した上に、油まで流した大量殺戮の巨大な道具だった。ソレイマニエの壕は、急いでつくられた長い穴にすぎず、油もまかれていない。

それでも、一時的にチュルク騎兵の突貫力を削《そ》ぐだけの効果はあった。速度と自在な行動力をうばわれ、かたまって押しあい、馬の鞍《くら》と鞍とがこすれあう。激しく衝突して落馬する兵もいた。

「チュルク兵は、平地では馬に騎《の》ることもできんようだな。おうい、無理するなよ」

パルス兵たちは笑いをあびせたが、チュルク軍の歩兵たちが洪水のごとく肉薄してくると、笑う余裕などなくなった。双方が激突したかと見ると、一気に乱戦となる。刃音が耳にあふれ、積もった灰に人血が降りそそいで、紅い泥濘《でいねい》となった。自由に走りまわることができず、よろめき、つまずきながら刀槍をふるいあう。

「やつら、味方の死屍を踏みこえて突進してまいります」

「このままでは押し切られてしまいます」

「一歩もしりぞくな！」

　キシュワードの命令は非情だったが、一歩ひいたら二歩踏みこまれることは確かだった。パルス兵は血と灰にまみれた顔に決死の表情をたたえて、敵の攻撃を受けとめた。

　メルレインは一時、弓をすてて槍をとり、七、八人を突き殺した。槍が折れると、それを敵に投げつけてひとりの咽喉《のど》をつらぬく。そこではじめて剣を抜き、右に左に、木々の枝を払うがごとくなぎ倒した。ギーヴの剣が優美だとすれば、メルレインの剣は野性的で、動きは剽悍《ひょうかん》そのものだった。

「やつら、東以外の方向からもやって来るぞ！　北のほうだ」

「あわてるな。そのていどの軍略、やつらとて心得ておろう」

　毅然たる態度をしめしたが、キシュワードは内心、死を覚悟した。対応策はあるが、兵力がたりない。双刀に付着した人血を振り落として北を見やると、降りやまぬ灰のなか、チュルクの人馬のかたまりが、右側面から騎兵の横撃《おうげき》を受けて、くずれ立つのが見えた。

「あれは誰の軍だ？」

　キシュワードの疑問に応えるかのごとく、先頭に馬を躍らせる武将が左手で冑《かぶと》をぬいで打ち振った。むき出しになった頭髪は白い。

「味方だ！」

キシュワードが叫ぶと、地上の兵士たちが歓声をあげる。パルスの騎馬隊は、敵軍の一角を蹴破って、市壁内の味方に合流した。先頭の武将が冑を小脇にかかえて大声をあげる。

「パラフーダでござる、キシュワード卿」

「おう、よく来てくれた」

「なに、宮廷画家どののご指示でござるよ。奇襲をかけようとする者は、自分が奇襲をかけられる可能性を忘れがちなもの。ゆえに、敵が北から市《まち》へ奇襲をかけようとしたら、それを右側面から横撃せよ、とのお言葉でござった」

白髪のルシタニア人騎士は、一気に長い台詞《せりふ》をいってのけた。パリザードの語学教育がよろしきを得ているようだ。

メルレインの長剣に、パラフーダの大剣が加わって、パルス軍の剣列は厚みを増した。一歩進み、一歩しりぞき、流血は、はてしなくつづいた。

Ⅳ

この血戦のさなか、民家の屋根の上にすわりこんで見物を決めこんでいる男がいる。もちろんギーヴである。出番を待ってます、といわんばかりの姿だが、ついに休息の時間は終わったようだった。

「有翼猿鬼《アフラ・ヴィラーダ》だ！」

パルス兵が恐怖と嫌悪の叫びをあげる。これほどの乱戦になってしまっては、当初の予定どおり、整然たる対空射列《たいくうしゃれつ》は実行できそうにない。

「しかし、そうなると、有翼猿鬼《やつら》も地上を攻撃しづらくなるはずだが……」

独語したギーヴは、すでに矢をつがえた弓の角度を変えた。無造作に射放すと、空中に不快な叫喚《きょうかん》が走って、顎《あご》の下を射ぬかれた異形の怪物が、翼で大気をたたきながら落下していく。

しばらくは、弓弦のひびきと怪物の叫喚がいりみだれ、一矢ごとにかならず一匹が地上へ墜《お》ちていった。

地上では、トゥラーンの直刀をふるってパルス兵を斬りまくっていたバシュミルの前に、ひとりの敵が立ちはだかっていた。

「きさまは？」

「パルスの騎士パラフーダ」

「……あまりパルス人らしく見えんな」

「では闘わずに逃げるか」

バシュミルは、顔色を変えた。

「トゥラーンの武人を侮辱するか！」

血ぬれた直刀が宙を裂いて、パラフーダにおそいかかる。受けとめると同時に、刃音高くはね返す。トゥラーンの直刀をつかみなおして、バシュミルがふたたび斬ってかかる。

「ま、こちらは心配ないか」

屋根の上でつぶやいたのは、流浪の楽士である。屋根によじ登ってきたチュルク兵二名を、瞬時に血煙のかたまりに変えて、

「こちらはどうも、簡単にはいきそうもないな」

眼を細めて、ある光景をながめた。

パルス軍でおどろかなかったのは、ギーヴぐらいのものであろう。三匹の有翼猿鬼が、吊りさげていた大籠から、ひとりの男が乗り出すと、地上二ガズほどの高さから飛びおりたのである。

ほとんど姿勢もくずさず着地した男は、亡びたはずのトゥラーン風の甲冑を身につけていた。これまたトゥラーン式の直刀を抜き放つ。

「おおおおおお！」

猛獣のごとく咆哮《ほうこう》すると、直刀をかまえ、パルス兵のなかへ躍りこんだ。

パルス兵の中心部に、おそるべき死が穴をあけた。直刀一閃、ふたつの首が宙に飛ぶ。それが血の軌道

を描く間に、三人めが咽喉《のど》をつらぬかれ、四人めが右腕を灰塵の上にたたき落とされ、五人めが腰から両断され、六人めが永久に右脚をうしなった。

「イルテリシュ⁉」

「トゥラーンの魔将軍《ガウマータン》！」

パルス兵が戦慄《せんりつ》の叫びをあげる。それが聴こえたのか、イルテリシュが血笑《けつしょう》した。

ひとりの兵士が二匹の有翼猿鬼に両腕をかかえられ、空中へと吊りあげられた。宙を蹴りながら「助けてくれ！」と叫んだ直後、怪物の一匹が頭に牙を立て、無惨にも顔の半分を喰いちぎる。飛散する血のなかで、もう一匹が顔の反対側に牙を立てた。

たてつづけに二度、弓弦が死の曲を奏《かな》でる。一匹は左眼を、一匹は右耳を、それぞれ一矢につらぬかれて、激しく翼をはためかせながら地上にたたきつけられた。

ギーヴの矢筒には三十六本の矢がはいっていたが、それを使うギーヴの姿は、「弓矢の神」という名の彫刻を思わせた。足場の悪い屋根の上で、矢をとってはつがえ、つがえては射放し、射放しては地にたたき落とす。完璧な均衡をみじんもくずさず、三十六本の矢で三十六の死を生み出した。

地上では、千騎長シェーロエスが、紅眼の魔将に決死の一騎打ちをいどんでいた。

「たいして武勲になるわけでもないが、そのパルス語が耳ざわりでならん」

「耳がおかしいのだ。医者にいけ」

「咆《ほ》えたいなら、地獄で、死んだ戦友たちと合唱するんだな。待っておれ、すぐ遭《あ》わせてやる」

「きさまこそ、亡んだ故国の者たちに、腑甲斐《ふがい》なさをわびろ！」

千騎長シェーロエスが先に斬りかかった。彼も双刀である。ただ、上官のキシュワードと異《こと》なり、右手に長剣、左手は短剣だ。長短二本の剣を、たくみにあやつって、イルテリシュの豪剣と渡りあう。五合、十合と斬り結んだが、善戦もそこまでであった。魔将軍の直刀が暴風のごとく、うなりをあげる。

「うぐッ……！」

右手の親指、人差指が、長剣とともに宙を舞って、シェーロエスは大きくよろめいた。

「ひけ、シェーロエス、おぬしにはそこまでだ」

たのもしい声がひびいて、血ぬれた双刀を両手に、キシュワードが躍り立つ。イルテリシュの紅眼に殺《さつ》戮《りく》の歓喜がきらめき、血を欲する叫びとともに直刀がうなりをあげる。

パラフーダとバシュミルとの交戦は、すでに五十合をこえていた。バシュミルも、イルテリシュよりの戦歴が古く、先代の国王《カガーン》トクトミシュ時代からの戦士である。その斬撃は力強く、防御はたくみで、パラフーダは一度ならず危機をおぼえたほどであった。

だが、わずかな忍耐心の差が、痛烈な結果をもたらした。勝負が長引き、業《ごう》を煮やしたバシュミルが、防ぐべきところで逆に踏みこんで斬りこんだのである。パラフーダの肩甲《けんこう》が異音を放って割れた。同時にバシュミルの頸《くび》すじから血がほとばしる。

パラフーダは、荒い息を吐いて剣を引いた。

彼より長く苛烈な闘いが、別の場所でおこなわれている。三本の剣が縦横に飛びかい、四本の脚が灰塵を蹴散らし、火花が眼を、刃音が耳を打って、終わるところを知らないかに見えた。

すでに百合《ひやくごう》近くにおよんで、腕も脚もなお動きをとめない。

イルテリシュは強剛である。それは直接間接に知っていたが、キシュワードやクバードをしのぐとは考えていなかった。だが、いまはちがう。イルテリシュの妖気は人間のものではない。

またしてもイルテリシュが叫喚とともにおそいか

かる。キシュワードの双刀は、燦爛《さんらん》たる火花を生《う》んで、魔将軍の斬撃を受けとめた。受けたら瞬時にはね返し、双刀の神技をもって、イルテリシュの両手首を斬り落とすつもりだった。だが、おそるべき剛力が、電光のごとき反撃をはばんだ。キシュワードは、防御から攻勢へうつる機会をうしなった。

パラフーダはキシュワードに声をかけようとしたが、思いとどまった。いまキシュワードの集中力を削《そ》いだら、イルテリシュの魔剣が、キシュワードの身を両断するのではないか、という恐れにとらわれたからである。

そこでパラフーダは一騎打ちの場から離れ、際限なく押し寄せるチュルク兵の刀槍の波に立ち向かった。

左から撃ちこまれるチュルク兵の刃を受けると、瞬時に返す一撃、右の頸に剣をたたきこむ。舞いあがる血煙を避けて左後方へ跳《と》びのく。突きこまれる槍を、甲《よろい》すれすれにかわし、槍身をはねあげざま、がらあきになった胴をなぎはらう。脳裏にひびく声があった。

「あんたはルシタニア出身なんだ。将軍たちのなかで、いちばん弱いなんていわれたら、故郷の恥だよ」

パリザードに、食事や健康までとやかくいわれて閉口しないでもないが、彼女がけんめいにルシタニア語を使ってくれる心情《きもち》がうれしい。身体が思うがままに動き、刃音につづいて三人めの敵兵を斬り倒した。

その間、キシュワードは、魔将軍イルテリシュとの死闘を演じつづけている。魔人の豪速の斬撃は、キシュワードの冑《かぶと》をはね飛ばし、袖を斬り裂いた。だが、双刀術の極意による最後の防御を破るには至らない。

その近くで、いまひとり、チュルクの軍装をした

男が咆えた。

「我はチュルクの将軍ジーンダンドなり。武勲を欲する者は、わが前に進み出よ。この地をきさまらの墓にしてくれよう」

ひときわ強い男で、四方にパルス兵の死者をつみかさねていったが、闘いつつ全部隊の指揮をとるような戦術眼には欠けていた。一方、キシュワード麾《き》下《か》のパルス軍は、十騎長にいたるまで、組織的な白兵戦の調練と実戦を経験しており、押されながらもくずれない。

そのことにいらだちながらも、ジーンダンドは、戦闘における勇士としての力量を、思う存分にふるった。そしてひと息ついたとき、彼のこめかみに音高く突き立った一本の矢が、彼を灰塵のなかに横転させた。メルレインの放った矢であった。

不遜かつ不敬きわまるギーヴも、ダリューン、キシュワード、クバードの三将に関するかぎり、一騎打ちで他人の助力が必要になるとは思っていなかった。だが、いま、不滅の勇名をとどろかせる双刀将軍《ターヒール》が、イルテリシュに対して防戦一方になるとは。

「妙な案配だな」

ギーヴの見るところ、イルテリシュの動きは、奇怪に人間ばなれした点がある。千騎長シェーロエスが十合も渡りあったのは善戦であったが、キシュワードがあきらかに不利になりつつあるのは意外であった。

「出しゃばってみるか」

ギーヴは決心して弓を手にとり、矢をつがえた。キシュワードの防戦は、いまのところ万全だが、一角がくずれると、瞬時に魔剣の餌食《えじき》となるであろう。消耗が激しく、気力と、半ば本能化した防御技術だけが、キシュワードの生命を救っていた。

弓を引きしぼろうとしたとき、ふたりの戦士の姿は、闘いつつ建物の蔭《かげ》に消えた。入れかわるように出現したのは、ひときわ長身で棒をあやつる女戦士の姿だ。

「女……！」

叫びかけたパルス兵は、一瞬の後、横なぐりの一撃で頬骨《ほおぼね》をくだかれ、折れた歯と血を宙にまき散らしながら転倒した。

レイラの長身は、乱戦のなかにあっても人目についた。長く硬い棒を前後へ左右へと突き出し、風車のごとく回転させる。咽喉を突きくだかれたパルス兵が、最期の声も出せずに横転する。低く水平に旋回した棒に脚を打たれて、ふたりのパルス兵が倒れこむ。さらにひとりが、側頭部を割られて灰の上にころがった。

彼女の前に、人影が立ちはだかった。赤い髪、緑色の瞳。灰塵のなかにあっても優雅に見える男である。

「レイラ……だったな、たしか」

ギーヴの声は、デマヴァント噴火の熱灰さえ氷片に変えてしまうほど、ひややかだった。レイラの紅眼に動揺の翳《かげ》りが浮かぶ。脳裏のどこかに、ギーヴの記憶が残っていたのであろう。ギーヴは音をたてずに剣を抜いた。

「ファランギースどのやアルフリードには、お前を殺せまい。憎まれるのは、おれの役目だ。パルス一の美男に討たれると思えば、あきらめもつくだろう」

この軽薄そうな楽士の恐ろしいところは、饒舌《じょうぜつ》をしのぐほどの実力を有していることだ。レイラはそのことを熟知していた。

彼女はすばやく後方に跳びすさると、鋭く口笛を吹き鳴らした。

たちまち灰塵が舞いあがって、ギーヴの周囲にチュルク兵が殺到した。レイラは長身をひるがえして駆け去った。

舌打ちしたギーヴが、剣の舞いを演じる。

両足を同時に地につけることはけっしてない。手首をひるがえすごとに人血が飛沫《しぶき》をあげ、地を蹴るたびに絶鳴《ぜつめい》がひびきわたる。

その間、なお死闘をつづけていたキシュワードは、おどろくべき光景を目《ま》のあたりにした。

V

キシュワードが見たのは、イルテリシュの背後に降下してきた大籠であった。

イルテリシュが笑う。暗黒の洞窟から吹き出す風のような声で。紅眼が毒炎をゆらめかせて、キシュワードを見すえた。

「きさまひとり殺せば、百人分になると思ったが……」

直刀を顔の前に立て、こびりついた人血をなめる。

「やはり実際に、百人分の血を吸わせぬことには、おれの刀が満足せぬわ。また明日、きさまの部下どもを殺しに来るとしよう」

「ま、待て！」

叫んだつもりであったが、キシュワードは呼吸が乱れ、干《ひ》あがった口からは、かすれた呻《うめ》きが出ただけで、折れようとする膝《ひざ》を伸ばしているのが精いっぱいであった。若くして「双刀将軍《ターヒール》」の異名を得て以来、一騎打ちにおいて、これほど苦闘を強《し》いられたのは、はじめてである。

「四年前より強くなった、ということはあるとしても、あの妖気は、いったい何だ？」

キシュワードは呼吸をととのえ、周囲を見まわした。累々《るいるい》たる死屍《しかばね》のなかに、腰に水筒をさげた姿がある。味方の兵士であった。

「すまんな、一杯もらうぞ」

キシュワードは一礼して水筒を手にとり、干あがった咽喉に水を流しこんだ。全部飲みほしたいのをこらえ、残した水を顔にかけて両眼を洗う。

あらためて双刀を取りなおし、周囲を見わたす。

殺戮戦は、急速に終わりつつあった。パルス兵の生首をさげていた有翼猿鬼《アフラ・ヴィラーダ》が、それを投げつけ、奇怪な笑声をあげて宙へ舞いあがる。メルレインが弓を引きしぼって射放すと、怪物は宙でもんどりうった。

それを最後として、敵は人も魔も、潮がひくように去っていく。追撃する余力は、パルス軍にはなかった。血と汗と灰塵にまみれ、茫然と見送るばかりだ。

明日、再戦したら、かならず負ける。イルテリシュ個人に対して、キシュワード個人はそう思った。イルテリシュは、美味な獲物を翌日にとっておいたのだ。

つまらなさそうに歩み寄ってきたギーヴが、挨拶ぬきでいきなりキシュワードに声をかけた。

「今夜のうちに、ここを放棄することだ」

紅く染まった刃を、死んだ敵兵の戦衣でぬぐう。

「パルス武人の名誉、などといっている場合ではない。やつらの攻撃法、戦闘法を見るに、効率よくソレイマニエを攻略とか占領とかしようなどと思っていない。やつらはやって来る。ただ殺すために」

これまた血刀をさげたメルレインが告げる。

「人の軍略ではない。これこそ蛇王ザッハークのやりくちではないかな。大量に流れさえすれば、味方の血でもかまわないのさ」

「どうやら、そのようだな」

パラフーダも、かたい表情で賛意を表する。ギーヴは「ご自由に」といわんばかりにキシュワードを見やる。

キシュワードは撤退を決意した。

かろうじて、ソレイマニエは守りぬいた。だが、

戦果としては、敵の副将であったバシュミルという

トゥラーンの武人を、パラフーダが討ちとり、メル

レインがジーンダンドを射殺したにとどまった。

累々たる敵味方の死屍の上を、秋風が吹きぬけて

いくと、耐えがたい血臭が市《まち》を、家々の間を流れて

いく。負傷兵のうめきが鼓膜を痛めつける。

「死者の数だけ算《かぞ》えれば、敵のほうが多うございま

しょう。ただ、だから勝ったとは……」

報告する千騎長バルハイの声が、言いづらそうだ。

パルス国の将として、はじめての死闘を経験した

パラフーダが、苦しげに告げた。

「こちらは半数が死傷した。今日の勢いで明日も来

られたら、おそらく負ける……全滅だ」

「その前に撤退する」

キシュワードは断言した。

「残った兵力を算えても、しかたない。味方は今日

の死闘で、気力も体力も費《つか》いはたした。明日はただ

殺されるだけになるだろう」

ギーヴ、メルレイン、パラフーダが主将キシュワ

ードを見つめる。キシュワードは顔を掌《てのひら》でひとな

でして、ギーヴに問いかけた。

「負傷者は？　どうする？」

「おれが、置いていけ、といえばいいのかな」

「他人には責任は押しつけぬ。できるかぎり車を用

意しよう」

ギーヴは即座には賛同しなかった。

「途中で死ぬ者が、かならず出る」

「そのときは、パルスの大地に彼らをもどそう。何

よりも、これ以上、死者を出さぬことだ」

ギーヴは黙然とうなずき、他の諸将にも異論はな

かった。

日没とともに、撤退がはじまった。キシュワード

の組織力と指導力が、それを成功にみちびいた。た

だ、これによって、パルスは、ペシャワールにつづ

いてソレイマニエまで放棄したことになる。

キシュワード以下、ソレイマニエを死守した諸将が、全員生還したことは、アルスラーンを喜ばせた。

「ソレイマニエを放棄しましたこと、不覚のきわみ。お赦しください」

「何をいう。土地は失っても奪《と》り返せる。おぬしたちが生きて還ってくれてうれしい」

アルスラーンは戦死者たちを悼《いた》み、右手を使えなくなったシェーロエスをいたわって、退役後の生活の保障を約束した。

その後、軍議になると、エラムが最初に口を開いた。

「西に対する手配が、どうしても薄くなる恐れがあります。防御を強化する必要がございます」

「西がか？」

「東は、キシュワード卿らの善戦と、皮肉なことですが、デマヴァント山の噴火によって、ひとまず事なきを得ました。これに対し、西は、ディジレ河に薄い防御線があるだけで、ミスルがその気になれば侵攻は容易でしょう」

皮肉なことに、それはミスルにいた当時、ヒルメスが考えたことでもあった。

「私もエラムに賛成だ」

アルスラーンがいい、諸将がうなずく。ただパルス軍の兵力を考えると、みだりに大軍を動かすことはできない。

「ミスル軍は、どのていどの兵力を動かせるだろうか」

「何の障害もなければ、すくなくとも十万、まず十五万と見てよろしいでしょう」

「ナルサスなら、どういう障害をつくる？」

アルスラーンが問いかけると、ナルサスは腕を組んですこし考えた。返答は直接的なものではなかった。

「惜しむらくは、グラーゼ将軍が横死《おうし》したことでございます」

「船を使うのか？」

「グラーゼ卿の指揮のもと、軍船百隻に一万余の兵を乗せ、ミスル国の東南方海岸に上陸させます。そこからディジレ河の流れにそって北上し、一挙に国都アクミームを衝《つ》く。そのような考えもございましたが」

ナルサスの発言の後半は、テュニプが考案し、実行したことである。戦理《せんり》とは無数の策のなかから選ばれるものであろう。

「グラーゼ卿の部下たちは、よくギランを守ってくれておりますが、それが精いっぱい。外洋へ大船団を出す余力はございませぬ。芸のない話ながら、過去の戦いどおり、ディジレ河をめぐって、陸上で戦術を機に応じて用いるしかございますまい」

アルスラーンはうなずき、質問を変えた。

「いまミスルの国内はどうなっているのだろう」

「それが残念ながら確たることは申しあげられませぬ」

有為転変《ういてんぺん》が激しすぎる。孔雀姫《ターヴース》フィトナがラヴァンに煽動され、国王となったばかりのテュニプをあやつってパルス「討伐」をくわだてている、など、人間の想像力をこえている。

客将軍《アミーン》クシャーフルとして権力をにぎった直後、ヒルメスが失脚した――そこまでは何とか把握できたが、その後、ヒルメスの行方《ゆくえ》は杳《よう》としてわからぬ。容易に死ぬ男ではなく、おそらくマルヤムにでも逃《のが》れたであろう、とナルサスは推定した。

その推定は正しかったのだが、マルヤムには「国王」ギスカールが君臨している。以前の思惑《おもわく》どおり、ギスカールはボダンを地上から消してくれたが、今回、ヒルメスと再会したら、結果は、さてどうなるか。

　彼らが殺しあってくれれば、ナルサスとしては口笛のひとつも吹いて絵筆をとるところだが、オオカミとキツネとが前肢《まえあし》をとりあって、パルスに牙と爪を向けたりすれば、悪夢ふたたび、である。

「マルヤムが海をこえてミスルに侵攻する、という流言をばらまく策《て》もあるが……すこし苦しいかな」

　ナルサスの頭脳は回転をやめない。その姿から何かを得よう、と、エラムは熱く凝視《ぎょうし》している。

　結局、ナルサスは常識的な策を選んだ。

「数万の軍を西へ動かして、ミスルを牽制《けんせい》しよう」

　たちまち大将軍《エーラーン》ダリューンが名乗りをあげた。

「おれがいく」

　いまにも立ちあがりそうなダリューンを、ナルサスはそっけなく制した。

「おぬしは大将軍だ。柄《がら》じゃないと思うが、陛下が叙任あそばした」

「身にすぎたことだ」

「謙虚でよろしい。いずれにしても、大将軍であるからには、かるがるしく国王陛下のお傍《そば》を離れることは許されぬ」

「おい、ちょっと待て」

　ダリューンはうなった。

「おぬし、おれを大将軍の席にしばりつけて、戦場へ出さぬつもりか」

　アルスラーンが笑いをこらえる表情をした。

「ダリューン、ナルサスのいうとおりだ。私の傍を離れるな」

「陛下……」

「私は西部国境を視察に出かけたい。大将軍の同行を強く望む」

　ダリューンはあわてて円座を離れ、アルスラーンの正面に出て、床に片ひざをついた。

「ありがたき仰せ。けっして陛下のお傍を離れることはございませぬ」

頭を低くするダリューンをちらりと見てから、ナルサスは視線を転じた。

「王太子であられた時代から、陛下にはしてやられてばかりだ、やれやれ、エラム卿、おぬしのご主君は、私などおよびもつかぬ策士であらせられるぞ」

「おつかえできることを光栄に存じます」

エラムも表情を明るくして応じる。そこへまた、べつの武将が進み出た。

「私もぜひおつれくださいますよう」

イスファーンであった。ギーヴはもとより、メルレイン、パラフーダ、ジャスワントなどの僚将《りょうしょう》たちが、あいついで武名をあげたので、自分も戦いに出ることを熱望していたのだ。

「最初からそう考えていた。いっしょに来てくれ」

「はっ、ありがたき幸せに存じます」


アルスラーンは、東方で悪戦苦闘してきた武将たちを王都に残し、西方へは別の武将たちをともなうつもりだったのだ。

ひとまず軍議が終わり、帰路、ファランギースとアルフリードは馬を並べて語りあった。

「アルフリードもいくのか」

「ナルサスがいくんだ、あたしも陛下のお許しをいただいていくよ」

「どうしてもか？」

「何だい、ファランギース、あたしが出陣したら、まずいことでもあるの？」

ファランギースは、めずらしく、迷うような表情を美しい双眼に走らせた。

「わたしも修行不足の身ゆえ、確たることは申せぬが……」

「あははは、よしてよ、ファランギース、あんたが修行不足だっていうのなら、あたしなんか、どうなるのさ」

「表現する言葉もないな。それはそれとして、どうしてもいくと申すなら、これを持っていくがよい」

涼しい音色をたてて、三個ひと組の鈴が鳴った。ファランギースが手作りしていたものである。

「きれいな鈴だね」

「腰帯にでも提《さ》げていくがよい」

「ただの鈴じゃないね。危険でも知らせてくれるの？」

「そうじゃ。危険の程度に応じて、鳴る鈴の数が増える。音も大きくなる。持ち主が修行をつんでいればいるほど、効果は大きくなるが、たとえそなたでも、いささかの役には立とう」

どうも誉《ほ》められたとは思えなかったが、アルフリードは三つの小さな鈴を受けとった。

「ありがとう。たいせつにするよ」

「やるのではない。かならず返してもらうぞ」

「あれ、くれるんじゃないの、あんがい吝嗇《けち》なんだね」

ファランギースは苦笑と溜息を同時にしたようである。

「無事に還れ、と申しているのだ。王都に還ったら、喜んで、そなたに譲る」

「ああ、そうか、失礼なこといってごめんよ。でも、大丈夫。ナルサスとダリューン卿が陛下に随行《おとも》するんだもの。これで負けるはずないよ」

「そうじゃな」

アルフリードと別れて、ファランギースが帰宅すると、トゥースの未亡人三姉妹が待ちかまえていた。

「ファランギースさま」

「何じゃ、パトナ」

「アルフリードさんは、その後、ナルサスさまとは、いかがなのでございますか」

ファランギースは、侍女に茶と菓子の用意を指示すると、三人をいたわるように微笑した。

「他人の恋を心配する余裕が出てきたようじゃな。けっこうなことじゃ」

三姉妹はそろって頬を染めた。長女のパトナでも、アルフリードより年下なのだ。

「アルフリードさんは、わたしどもより年上なのに、まだ未婚でいらっしゃるんですもの。お対手《あいて》がいらっしゃらないのならともかく、誰が見てもナルサスさまを慕っておいでなのに」

ふたりの姉が、まじめくさってうなずく。ファランギースはかるく頭を振った。

「わたしも、いちおう女神官《カーヒーナ》の身ゆえ、あまり俗な話もできかねるが、まあ男女の仲ほど不思議なものはない。アルフリードには対手がおるゆえ、安心しているのではないかな」

虚言《うそ》をついたわけではないが、ファランギースは、知っていること考えていることのすべてを口には出さなかった。

「じつは、それが一番、不思議なのでございます。ファランギースさまほどの美しい御方が、殿方《とのがた》をまったくお近づけにならないとは」

一瞬の間をおいて、ファランギースは答えた。

「わたしは、自分より強い男しか対手にせぬ。それだけのことじゃ」

「ああ、それならわかります」

「でも、それでしたら、ファランギースさまにふさわしい男など、この国にはおりませんよ」

ファランギースの声の翳《かげ》りに、アルフリードであったら気づいたかもしれない。だが、一時的ですっかり健康的な娘らしさを回復した未亡人少女たちは、気づかなかった。

「ファランギースさまより強い男といったら、ダリューン卿かしら」

「あの御方はあの御方で、何か事情がありそうね」

「強いだけだったら、クバード卿もおいでよ」

「まさか！」

「お酒だったら、どうかしらね」

　三人姉妹の、若さの弾けるような会話に微笑しながら、ファランギースは、ジャスミン茶の芳香のなかで、何かを考えていた。


　石をならべた縁の内側に、秋の花が咲き乱れて、小さな墓石をおおいかくしている。コスモス、秋バラ、キキョウ、セキチク……王宮内にしかないはずの、絹《セリカ》の国渡来の菊の花まで。石の縁に腰をおろし、一見、悠然とものおもいにふけっていたアルスラーンは、おそるおそる背後から声をかけられて振り向いた。

「ああ、カーセムか」

「お、おそれいりまする」

「いや、かまわぬ。つい、ぼんやりしていた」

　縁石に腰をおろしたまま、アルスラーンは、語をついだ。

「エステルの墓を、よく手入れしてくれているようだな。礼をいう」

「いえいえいえいえ、侍従として当然の務《つと》めをはたしているだけにございます。見まわりに参上しただけで、すぐに立ち去りまする」

　宰相《マラマータール》ルーシャンの甥と自称する侍従は、ひざに額がつくほど頭を低くした。

「いてかまわないよ。ただ、ぼんやりしているだけだ、と、いったろう」

　アルスラーンは秋風に揺れる髪をかきあげた。

「王太子なんて呼ばれていたころも、よくぼんやりしていたな。自分はどうして、こんなところにいるんだろう、と不思議だったよ」

　カーセムはお調子者だが、アルスラーンが彼に語りかけているのではない、と気づかないほどの愚人《ぐじん》ではない。だまって立ちつくしていると、いきなり肩をたたかれた。

思わず声をあげそうになって振り向くと、エラムが立っている。その肩には、鷹《シャヒーン》の告死天使《アズライール》がとまっていた。

カーセムは跳《と》びすさると、今度は腹のあたりまで頭をさげた。エラムの肩からアズライールがひとこえ啼《な》いて若い国王《シャーオ》の左腕にうつる。

「エラムが、アズライールをつれてきてくれたんだな、ありがとう」

「陛下、ご主君がいちいち臣下に礼などおっしゃると、王宮の礼式が乱れます」

「あはは、また叱られたよ、アズライール」

アルスラーンが笑い、右手をあげてエラムを手招きした。横にすわれ、というのだ。エラムが反応するより早く、「きゃっ」という若い女性の声がして、秋の花々が宙に小さな花園をつくった。娘はあやうくエラムに抱きとめられて、転倒をまぬがれる。まだ新参の女官で、「何もない場所でつまずく名人」として知られるアイーシャだった。

「す、すみません、おそれいります」

「そんなことはかまわないが、この花は？」

「は、はい、エステルさまのお墓にお供《そな》えしようと存じまして……」

エラムが、あきれはてた表情をつくる。

「お前、わかってるのか。ここは花園だぞ。花園に花を持ってきてどうするんだ」

「あ、そ、そうでした、そうでございますね」

「いや、恐縮する必要はないよ」

アルスラーンは、手もとに落ちたコスモスの一本をとりあげた。

「花はいくらあってもいい。エステルの勇気と義《ぎ》俠心《きょうしん》を永く後世に伝えるために」

三人の臣下は粛然としてたたずんだ。

VI

ファランギースと別れたアルフリードは、ナルサスの館に寄って、客間で他愛《たあい》ない茶飲み話を愉《たの》しんだ。これだけで充分、アルフリードは愉しくてうれしいのだ。

「じゃあ、そろそろ帰るね、ナルサス」

「用があるのか？　誰かとの約束とか……」

「別にそんなものないけど、もうすぐ暗くなるし」

「用はないんだな」

「ないよ」

「それなら、泊まっていけ」

あまりにもあっさりといわれたので、アルフリードは一瞬、意味を把握しそこねた。理解すると同時に、頰が紅潮し、鼓動が速度をあげる。もう成人《おとな》なのに、と思いつつ、頭と心のなかを、いくつもの感情が駆けめぐる。

「あ、あたしはゾット族の女で……」

「五年前から知っているが」

「ゾ、ゾット族の女は身持ちがかたくて……き、きちんとけ、結婚する前に、曽祖母《ひいばあちゃん》がいうには、夫婦がするべきことをしたら、家系の名誉が……」

「式が後になるだけだ。いやか？」

「いやなわけないだろ！」

「曽祖母どのには、目をつぶっていただこう」

「う、うん」

「五年も待たせて悪かった」

アルフリードは紅潮した頰のまま、ナルサスを見つめた。

「百年だって待ったよ」

女はおずおずと両手を男の頸《くび》にかけ、男は女の腰に両腕をまわして引き寄せる。

かくして、

　閉ざされた花模様カーテン《クレトン》をめくるな
　やぼなまね《ピーピラム》をする者は祟《たた》られるぞ
（パルスの俚言《りげん》）

という次第となった。


　一夜が明けて、アルフリードは自邸へ帰った。かかえこんだ幸福感が重すぎて、足が宙を踏む心地で、玄関をはいる。

「おい」

　色気の欠片《かけら》もない声をかけられて、アルフリードは飛びあがった。兄のメルレインが、「ゾットの黒旗」を立てて待ちかまえていた。

「今度の出陣に黒旗を持っていけ」

「え、でも……」

「ゾットの族長が出陣するのに、陛下より賜《たまわ》った旗がなくてどうする」

「……うん、そうだね。じゃ……」

　おずおずと旗を受けとる。メルレインは、旗をかかげる姿勢について、ひとしきり説教した。

「還ったら、以後、黒旗はおれがもらう」

「え？」

「お前にはもう黒旗を守る義務はない。あとはおれが引き受ける」

　言いすてるなり、メルレインは最初から最後まで表情を変えず、自室の方向へ歩み去った。アルフリードはさとった。兄は、昨夜のできごとを見とおしており、正式に族長の座を受けついで、妹を一族から解放してくれたのだ、ということを。

「ミスル領深く攻めこむわけではない。進出の限界線は、ディジレ河を越えるかどうか、そのあたりだ」

「河を渉《わた》って退却するのは、進撃するより、困難でございますからな」

朝食の後に開かれた御前会議においては、今回の出兵に参加するダリューン、イスファーンらの諸将が地図をかこんでいた。

「エラム、何かいいたいことがありそうだな」

ダリューンが水を向ける。エラムは、ひと呼吸して、

「杞憂《きゆう》かも知れませぬが、ひとつ気にかかる点がございます」

「されば、陛下に奏上してみよ」

ナルサスが、石榴《ざくろ》のジュースに蜂蜜をひとさじ垂《た》らしつつ、うながした。

「では、陛下も、将軍各位《かくい》も、地図をごらんくださ い」

エラムは身を乗り出し、地図の上で指を動かした。

「もし、わが軍がディジレ河の線まで西進したとき、北方からマルヤム軍が一挙に南下してきたら、わが軍は後背《こうはい》を絶たれ、王都へ還る路《みち》をうしなってしまいます。用心して然《しか》るべきと存じます」

クバードが太い眉をしかめた。

「マルヤムが南下急襲してくるとな?」

「はい」

「ふむ、それは考えつかなかった……マルヤムがな」

ダリューンが質《ただ》す。

「マルヤムに、わずかでも、そのような兆候があるのか」

「目立つ動きがあれば、皆さま方、ここにはおられますまい」

「おう、こいつは一本とられたな、大将軍《エーラーン》」

クバードが哄笑《こうしょう》した。

「現在のマルヤムは、過去のマルヤムとは異《こと》なります。あろうことか、いまのマルヤム国王は、かのギスカール」

「ルシタニアの王弟だった、あの男だな」

キシュワードが確認し、ダリューンがうなずくと、王都の城司クバードが、冷笑にしては豪快に笑いとばした。

「五年前、わが国に侵入して、悪事をくりかえしたあげく、ぶざまにマルヤムまで退《ひ》きおった。逆怨《さかうら》みはしておろうし、欲を棄《す》て去ったわけでもなかろうから、つねに我が国を狙ってはおるだろうな」

「それはもっともだが、いま侵攻してくる理由があるか？　あのボダンを斃《たお》したのはよいとして、傷痕は大きい。三年や五年ぐらいで、他国へ侵攻する余裕ができるとは思えぬ」

ダリューンが疑問を呈する。

「仮に、ミスルとマルヤムが密約を結んでいたとしたら、いかがでしょう？　最悪の時機に、同時に動くかもしれません」

「それは、すこし悪い方向へ考えすぎではないか。いま両国の利益が一致するとも思えぬが」

キシュワードとダリューンが首をかしげた。

おなじことをナルサスがいったら、諸将は緊張して、あるいは勇躍して、したがうだろう。だが、エラムではそうはいかない。もちろん嫌われているわけではないが、何といっても、いちばん若く、謀画《ぼうかく》家としての実績もない弱輩《じゃくはい》だ。

それ以上、説得できずにいるエラムに、アルスラーンが声をかけた。

「エラム」

「はい、陛下」

「よいことを教えてくれた。正直、マルヤムのことは眼中になかった。兵を割《さ》く余裕はないが、斥候を出して、事あるときはただちに転進できるようにしておこう。諸将、それでよいか」

「御意《ぎょい》！」

明確に答えて、諸将はそれぞれの座で頭をさげる。

国王親征《シャーオ》の軍は、騎兵一万、歩兵三万と決した。


かつてチュルクの国都として、それなりの繁華を誇ったへラートは、いまや死と恐怖の巷《ちまた》と化し、道ゆく人の姿もない。

「兵力の集中は、軍略の基本」

蛇王ザッハークは、肩の左右から生《は》えた蛇の頭を、かわるがわるなでた。

「今日の戦いで、パルス軍は形としてソレイマニエを守ったが、力つきた。おそらく近日中に撤退し、王都エクバターナに兵力を結集させるであろう」

軍略を語るとき、蛇王ザッハークの口調に、無双の猛将と称されたアンドラゴラス三世の魂が復活したかのようだった。もちろん錯覚である。アンドラゴラスは死んだ。四年前、当時のルシタニア国王であったイノケンティス七世とともに。

「そのとき、『大陸公路の華』と謳《うた》われた麗《うるわ》しのエクバターナは、紅一色に染まるのだ」

アンドラゴラスの身体《からだ》を乗っとった「存在」は、蛇たちに人間の脳を食べさせる一方、自分はこれまで食事をとっていない。ただ、毒草をしぼった汁に人血をまぜて飲んでいる。それもたいした量ではなかった。

「グルガーンよ」

「はい、御前に」

「汝《なんじ》がいう『尊師』から、西方の消息は、まだもたらされぬのか」

「おそれいりましてございます。臣の聴きましたところでは、ミスル国のほうは、ほぼ掌握いたしましたが、マルヤム国のほうは、いまだ完全には……」

「ぐずぐずして予を失望させるなよ」

蛇王は声を大きくしたわけではないが、グルガーンは身がすくんだ。ひと声ごとに、骨がきしみ、胃がちぢむ思いである。

「ところで、グルガーンよ、汝が尊師と呼んで崇拝しておる者だがな」

「は、はい……？」

「汝は、やつの正体を知っておるか」

グルガーンは、魔人なりに当惑したようである。

「正体と申しましても……臣に、蛇王陛下にご奉仕する途《みち》を教えてくれた恩人という以外には……」

「ふふ、そうか。ま、知るはずもないな」

「…………」

「かの小癪《こしゃく》なアルスラーンめを殺したら、その生首の前で、やつの正体を教えてやろう」

蛇王の肩の左右で、二体の蛇身がくねる。

「三百余年待ったが、終われば早いものぞ。愉しみに多少の刻《とき》をかけてもよかろう。汝も予と愉しみをともにするがよい」

蛇王の声を頭上に聴きながら、グルガーンは額を床にこすりつけていた。

第五章

戦《せん》旗《き》不《ふ》倒《とう》

戦　旗
不　倒

Ⅰ

十二月十日、パルス国王《シャーオ》アルスラーンは、騎兵一万、歩兵三万の軍をひきいて西方国境へと王都を発《た》った。したがうのは、大将軍《エーラーン》ダリューン、宮廷画家ナルサス、ジャスワント、ファランギース、イスファーン、エラム、以下、アルフリードである。

王都を守るのは、宰　相《フラマータール》ルーシャン、城司クバード、以下、キシュワード、ギーヴ、メルレイン、パラフーダの面々。つまり、ソレイマニエにおいて血戦を演じた諸将は、王都防衛の名目で休息をあたえられたのであった。

「今度はお前らが苦労してこいや！」

ソレイマニエ帰りの兵士たちが、包帯を巻いた姿で、口々に声をかける。

「ミスル軍相手じゃ、苦労したくてもできねえよ！」

毒舌を応酬するうちに、気づく者がいる。

「あれ、クバード卿だけは、東にも西にも出陣してないじゃないか」

「そりゃ城司だからな、王都を動けんだろ」

「うへえ、考えてみりゃ、いいご身分だよな」

「おれもエクバターナ城司になりたい」

「そりゃクバード卿とおなじぐらい、敵を討ちとってからだな」

笑声がおこる。苦しい状況ではあったが、兵士たちはまだ陽気だった。クバード当人は冗談の種にされても、まるで意に介さず、兵士たちと酒を飲み、妓女《ぎじょ》たちとも酒を飲み、兵士たちと歌をがなり、妓女たちとも歌をうたい、合間には巡回と調練をおこたらない。

ただ、この豪放な隻眼《せきがん》の猛将が一点、気にしていることがあった。キシュワードが挨拶に来たとき、ソレイマニエの攻防戦に関して説明をおこなったが、当然、魔将軍《ガウマータン》イルテリシュに話がおよんだのだ。

「おれがペシャワールでイルテリシュを討《あ》ち《や》は《つ》たしておけば、おぬしがよけいな手間をかけずにすんだのだがな」

「聞きしにまさる不気味さでござったよ」

「単なる強さではなかったのだな。ペシャワールでは、おれは何とか、あやつを斬れると思っていた。だが、おぬしの双刀術でさえ通じぬとなると……何があったのか」

「クバード卿、おぬしのいうとおり、有翼猿鬼《アフラ・ヴィラーダ》ていどの妖魔どもが、軍隊の態《てい》をなしているのは、イルテリシュが指揮しておればこそだ。だからこそ、ソレイマニエでは、相討ちになっても、あやつを斬るつもりだったのだが……面目ない」

　きまじめなキシュワードにクバードが応《こた》える。

「おぬしには、おれとちがって妻子がおるのだから、うかつに死ぬなよ。どうだ、ひさしぶりだ、一杯飲《や》らんか」

「よかろう、負けとわかっている試合はしたくないがな」

　クバードもキシュワードも全知ではない。ペシャワールを攻撃したとき、イルテリシュは蛇王の血を一杯飲んでいた。ソレイマニエを強襲したときには二杯めを腹におさめ、それだけ人から離れて魔に近づいており、妖気は倍にも増していた。だが、キシュワードにせよ、クバードにせよ、そこまでの想像も疑惑も持ちようがない。

「ま、考えてもわからぬことに、首をひねっていてもはじまらんわ」

　そういって、クバードは話をおさめかけたが、キシュワードがあごひげに手をかけた。

「ダリューンがうらやましいな」

「ほ、何で？」

「西のほうには灰が降っておらんだろう」

クバードは哄笑《こうしょう》した。

「天下の双刀将軍《ターヒール》も、灰にはよほど懲《こ》りたらしいな。まあ十日ぐらいはゆっくり休め。でないと、いざというとき、おれはおぬしの嫡男《あととり》に、一軍をひきいてもらわなきゃならん」

「気が早すぎるぞ。二十年ほど待ってくれ」

「この親バカめ」

ふたりの猛将は笑いながら酒飲みの勝負に出かけたが、彼らの若い主君は、他の驍将《ぎょうしょう》たちをひきいて、西へ進撃をつづけていた。途中、アトロパテネの野を通り、二度にわたる大会戦で犠牲となった人々を、敵味方の区別なく弔《とむら》った。先行偵察の騎兵が駆けもどって急報したのは、その直後である。

「ミスル軍がディジレ河を渉って、わが領内へ侵攻してまいりました！　すでに五、六ファルサングほども進んで来ております」

「陛下、お聴きになられましたか」

「おやおや、先手を取られたか」

アルスラーンは、ぼやいた。

「どうやら巡視と威嚇《いかく》だけではすまなくなりそうだな」

「望むところでございます。ディジレの流れを、ミスル軍の血で染めてごらんにいれましょうぞ」

イスファーンが槍をかかげると、忠狼《ちゅうろう》ともいうべき土星《カイヴァーン》が呼応して、若々しい雄叫びを放った。

「それで、ミスル軍の兵力は？　また、その編成はわかるか？」

ミスル軍には、他国の軍にはない、特殊な兵種がある。駱駝《らくだ》兵と戦車《チャリオット》兵である。どちらもそれほど数は多くないが、有能な指揮官が最善の時機に用いれば、けっこう効果があるはずであった。ヒルメスは「客将軍《アミーン》クシャーフル」としてミスルに滞在していたとき、使う機会がなかった。戦車はともかく、ラクダのほうはまぬけな感じがして、あえて使う気になれなかったのである。

　戦車は二頭の馬に牽《ひ》かれ、二名の兵が乗る。駁者《ぎょしゃ》と射手である。射手は弓だけでなく槍も持つ。さらに車輪の軸は、回転する刃になっており、敵の軍馬の脚を切断することができる。おそるべき兵器だが、平坦な土地でしか使えないし、馬を一頭倒されるか、車軸《しゃじく》をこわされたら、何の役にも立たない。したがって、パルス軍は、とくに戦車を恐れてはいなかったが、一列にならんで突進してくる威容は、なかなかの迫力で、見物する価値があった。

「やつらが最初に出してくるのは、騎兵か戦車か、対応策があれば聴こう、ナルサス卿」

「そのていどの用兵で、おれをわずらわせるな。自分で考えろ、大将軍」

「あのな、お前……」

　いいかけたダリューンは、ナルサスが書きかけの巻物を手にしているのを見て口を閉ざした。眉をしかめて短い時間、考えこみ、将軍のひとりに声をかける。

「イスファーン卿」

「はっ」

「二千騎ほどひきいて別動してくれ。一ファルサングほどディジレ河の上流方向へ急行してほしい。そこで待機をたのむ」

「かしこまった、大将軍」

　昂然と馬上で一礼すると、イスファーンは土星《カイヴァーン》と騎兵二千をともない、本隊と別れて南へ進んでいった。

　アルスラーンが問いかける。

「ダリューン、どういうことなんだ」

「はい、ミスル軍の戦術は見えすいております。先行部隊を渡河させてわが軍を挑発し、いざ両軍衝突となれば、わざと不利な態勢をとって後退します。

わが軍がそれを追っていけば、敵は河岸まで追いこまれます。たぶん渡河のために舟を用意しておりましょう」

「なるほど、で、イスファーンの部隊の役割は？」

ダリューンは説明をつづけた。

「敵の先行部隊がディジレ河畔までもどりきれぬうちに、待機していた場所から急行して、その側面を衝《つ》いてもらいます」

地図を見なおして、アルスラーンは指を動かした。すこし考えるようすだ。

「この配置を、陛下にご許可いただければ幸いです」

「もちろん許可する。ただ……」

「ただ？」

「敵がさらに一手先を読んで、イスファーンを待ち伏せしている、という可能性はないだろうか」

ダリューンは若い主君を見なおした。


「そこまでお考えあそばす必要はないと存じます。イスファーン卿の、臨機応変の指揮に期待してよろしいかと」

「では大将軍にまかせる」

つぎに行軍路の話になる。エラムが口を開いた。

「大軍が長蛇の列となって、山あいの一本道を往《ゆ》くのは、戦理に反します。道の左右両側に兵が伏せてあったら、また、道の出口と入口をふさがれてしまったら、全滅の恐れさえございます」

「たしかにそうだ。では、どうすればよい？」

「別の道を往けば、時間がかかりすぎます。細いといっても、軍馬が横七、八列にはなれますから、すみやかに通過してしまうほうがよいと存じます」

「大将軍の意見は？」

「まず、左右の高地を探索させます。その結果、敵の姿がなければ、そういたしましょう」

アルスラーンが一時、座を離れると、ダリューンがナルサスに顔を向けた。

「どうにも、おれはいまひとつ納得できんな。いまマルヤムがわが国を攻める理由が、どうしてもわからん」

「戦理どおりに戦争がおこるとはかぎらんだろ、大将軍」

「いちいち大将軍大将軍と呼ぶな。いやみとしか聞こえんぞ」

「正しく聞こえているのは、けっこうなことだ。そのいい耳で聴いてくれ。おれは、後方に残る。じつは、ちょっとやることがあってな。兵を三百ほど置いていってくれ」

「三百では、あまりにすくなかろう。三千ばかり置いていこう」

「ミスル軍と戦うための戦力を、三千も減らすわけにはいくまい。用心のためだ、三百で充分」

「ではそうするが、布陣はどこにする」

　ダリューンの問いかけに、ナルサスは北方の山地を指さした。ダリューンは諒解《りょうかい》した。

　北方の山地は、マルヤムとの国境へとつづく。そこにはザーブルという城があって、マルヤムへの道を守り、かつてはヒルメスがルシタニアの聖堂騎士団を撃破したこともあった。現在は二百名ていどの守備兵がおかれているだけだ。

「危険を知らせるときは、どうする？」

　そのとき、アルフリードが提案した。

「烽火《のろし》をあげるよ。あらかじめ草木を積んで、すこし油をかけておく。すぐに燃えあがって、遠くからでも見えるよ」

「わかった、それでよし。煙を見たら、すぐ援軍を送……」

　いいさして、ダリューンは妙な表情をした。

「アルフリードも残るのか？」

「うん、あたしが、これからずっとナルサスの護衛をする」

「ほう……」

かるく目を瞠《みは》ったダリューンは、人が悪い笑みを浮かべた。

「なるほど、では、まかせるとしよう」

そこへアルスラーンがもどってきて、不在の間の報告を受けた。

Ⅱ

諸将が立って陣幕から出ようとしたとき、アルスラーンが侍衛長《ケシユタク》に問いかけた。

「エラムは幾歳《いくつ》だっけ？」

「十八歳になりました」

「私より一歳《ひとつ》下だね」

「はい、ずっとそうです」

「追いつかれるかと思ってたよ」

まだ十代の主従は笑いをかわした。

「ナルサスが、三ヵ国連合軍を口先ひとつで追いはらったのは、たしか二十一歳のときだと聴いたぞ」

それまでは、ナルサスは「文弱で芸術にかぶれたお坊ちゃん」としか思われていなかったのである。

「ナルサスでさえ、そうだったんだ。エラムや私が未熟者あつかいされるのは、あたりまえだよ。まあ、しばらくは、ご老体《ろうたい》がたの前でおとなしくしていようか」

「ご老体とはあんまりですぞ、陛下」

三十二歳のダリューンが聞きとがめ、笑声が本陣をつつんだ。

パルス軍は順調に西への行軍をつづけた。もともとパルス領内である。住民たちの避難計画は三年がかりで樹《た》ててあるし、ミスル軍の動向については、避難民たちから情報を得ることができる。慎重なジャスワントが先鋒《せんぽう》を指揮し、ディジレ河まで六ファルサングの距離に到達した。

「このあたりまで、ミスル軍が突出してきた、と聴いたが……」

ダリューンもファランギースも、周囲を見わたしたが、陣地らしきものもなく、伏兵の気配も感じられなかった。だが、敵がパルス領内に侵入しながら、何もせぬまま撤退したとは考えられない。

しばらくの間、凹凸《おうとつ》の多い地形を観察していたダリューンが、つぶやいた。

「ふん、小細工をしてくれる」

薄く笑ったダリューンが、牛革張りの強弓《ごうきゅう》を手にした。

引きしぼられた弦は、ほとんど満月のような形になった。砂丘のひとつに向け、ろくに狙いもつけずに射放す。矢が命中すると、何と砂丘が動いた。兵が地上に伏せ、布をかぶり、砂をかけて隠れていたのだ。

大小の砂丘の姿が、いっせいに消え、無数の布と砂塵が宙に舞う。布をかぶり、さらにその上に砂をかぶせて、パルス軍を待ち伏せしていたミスル軍が、群がり立って、パルス軍におそいかかってくる。

「退《ひ》けッ！」

ダリューンが叫び、黒馬の馬首をひるがえす。角笛が初冬の青空にひびきわたり、パルス軍は一転、退却にうつった。

ミスル軍が喊声《かんせい》をあげる。

伏兵たちの放つ矢が、雨となってパルス軍をおそった。パルス兵は馬上に身を伏せ、盾をかざしてそれをふせぐ。

パルス軍が逃げ、ミスル軍が追う。この状態は長くはつづかなかった。追うミスルの軍列のほうが乱れはじめたのである。

もともと、馬とラクダと戦車《チャリオット》とでは、全力疾走の速度がちがう。皮肉なことだが、敵がナバタイの戦象部隊であったら、テュニプの指揮は万全であったろう。だが、本来、堅実な将軍たるテュニプも、パルス騎馬隊を敵として大軍の指揮をとるのは、はじめてであった。

混乱がややおさまると、パルス国王《シャーオ》アルスラーンの黄金の冑《かぶと》が陣頭にあらわれた。これを見とどけて、ミスル国王テュニプも陣頭に出る。

テュニプの乗った戦車は、他の戦車とまるでちがった。四頭立てで、白い天蓋《てんがい》がついている。テュニプ以外に、馭者《ぎょしゃ》と、二名の屈強な弓兵が乗っていた。

「アルスラーン！　パルスの国王を僭称《せんしょう》する簒奪《さんだつ》者《しゃ》よ！」

大声で、テュニプはアルスラーンを非難した。シンドゥラほどではないにせよ、両軍の総大将どうしが対面したときには、呼びかけるのがミスル軍のならわしである。

「汝《なんじ》は、旧《ふる》きパルス王家の血を引かぬと公言しながら、ぬけぬけと玉座に即《つ》き、神聖なる王統を汚《けが》した。ただちに馬をおり、ひざまずいて神々に赦しをこえ！」

そして、傍にひかえていた大男の将軍に命じた。

「ドンゴラ、一騎駆けして、あやつめの首をとってみせよ」

「おまかせくだされ」

「簒王《さんおう》とは、お前のことだ」

よく透《とお》る声で、アルスラーンが叫び返す。

「年端《としは》もいかぬ幼王《ようおう》と、その母君を、むごたらしくも殺害したそうだな。捕虜どもから聴いたぞ。悪《あ》しき力は、善よりもむしろ自分自身を亡ぼすと知れ！」

アルスラーンは馬上で大将軍《エーラーン》をかえりみた。

「ダリューン、たのむ」

「かしこまりました」

ダリューンは馬腹を蹴った。人馬一体となった黒い疾風。パルス兵たちが歓呼をあげ、剣や槍を天に向かって突きあげる。

「戦士の中の戦士《マルダーンフ・マルダーン》！」

両軍の中間で、ふたりの戦士は激突した。撃ちあうこと、十五、六合。ダリューンの剣がドンゴラの巨体を馬上から斬って落とす。

さらに黒い疾風は、砂塵を巻きあげながら、一直線にテュニプめがけて突進した。

テュニプとダリューンとの間には、たちまちミスル軍の騎兵たちが躍りこんで、刀槍の壁をつくった。果敢だが無益であった。ダリューンの豪剣は、先刻にも増してかがやきわたり、左の冑を首ごと宙にはね飛ばし、右の甲《よろい》を骨と筋肉ごと腰まで斬りさげた。血管から飛び出した血が、音をたてて地上をたたく。

乗馬「黒影号《シャブラング》」まで、主人に負けじとばかり、たくましい身体でミスル馬に体あたりをくらわせた。その上方では、たたき折られたミスル兵の剣が銀光となって飛び、味方の顔に突き刺さる。

アルスラーンが感歎の声をあげた。

「ダリューンだけで、ミスル軍を蹴散らしてしまいそうだな、エラム」

「まったく、おみごとです。ですが、対岸のミスル軍が、まったく動こうとしないのはなぜでしょう」

「はて、何か策でもあるのか」

アルスラーンは小首をかしげたが、ミスル軍本隊との間にはディジレ河がある、ここは速戦《そくせん》して敵に打撃をあたえるべきだ、と判断して、声をはりあげた。

「大将軍につづけ！　全軍突撃《ヤシャスィーン》！」

たちどころにパルス軍は反転し、ダリューンは満身に返り血をあびて、一時、国王の傍にもどってきた。

パルス軍の先鋒と、ミスル軍の殿軍が接触したと見ると、一瞬にして入り乱れる。

そこへ南方から砂塵が巻きおこり、イスファーンの別動隊がミスル軍の側面に突入してきた。

パルス軍がミスル軍を後方と側面から同時に襲撃する形になって、「狼に育てられし者《ファルハーディン》」イスファーンの声は鋭気のかたまりとなった。

「ミスル軍《やつら》の前方には、ディジレ河がある。速度を落とさざるをえぬ。突っこめ！　河に追い落とせ！」

イスファーンは弓をとり、たてつづけに射放した。八本の矢を放ち、七本が命中する。即死しなかった者も、落馬したところをパルス騎兵の馬蹄《ばてい》にかけられて、砂塵のなかで絶命した。

「ああ、あれはおれの役だったのにな。大将軍なんぞになったばかりに」

物騒なことを口にして溜息をついたのは、ダリューンであったが、はっと気づいて、あわてて謝罪した。

「陛下、ご厚恩を忘れ、いらざる単騎駆け、まことに申しわけございません」

「かまわないよ。まだ暴れたりないようだな」

アルスラーンは笑った。

「傍にはエラムがいてくれる。ダリューン、ファランギース、ジャスワント、思う存分、正々堂々と闘ってくるがいい」

諸将は奮《ふる》いたった。

「おそれいります。では、お言葉に甘えて」

ミスル軍にとっての災厄が、本格的にはじまった。

ファランギースの矢は、人ではなく戦車をねらった。車軸に矢がからまると、車輪が外《はず》れて宙を飛び、戦車本体は地をとどろかせて横転する。わずかのうちに、ファランギースは三本の矢で、三両の戦車と六名のミスル兵と六頭の馬を斃《たお》した。

「おい、だいじょうぶだろうな。黒衣の騎士、名は夙《つと》に聞いておったが、あれほどとは思わなんだぞ」

「なにを心配する？　おれたちは黒衣の騎士を討ちとるために、ここにいるわけではない。アルスラーンひとりの首を獲《と》ればよいのだ。ミスル兵どもがいかに討たれようと知ったことか」

「よし、では予定どおりいくぞ」

セビュックとフラマンタスは、直属の兵二百騎をひきいて、混戦血戦の渦から離脱していった。全員がパルス人で、パルスの軍装をしており、それをマントで隠している。アルスラーンに接近したら、マントをぬぎすてていっせいにおそいかかり、「パルス王家の忠臣として僭王の首を刎《は》ねる」計画であった。

したがって、味方のミスル軍が突きくずされ、踏みにじられても、そ知らぬ顔で目標へと進んでいく。


イスファーンの槍は手もとまで敵兵の血にまみれ、ジャスワントの長刀は刃が欠けて骨董品《こっとうひん》と化した。そこでイスファーンは槍を捨てて腰の剣を抜き、ジャスワントは長刀を放り出して半月刀の鞘《さや》をはらった。勇敢なミスル兵も、気弱なミスル兵も、彼らの容赦ない斬撃の嵐に巻きこまれ、血にまみれていく。

ミスル軍は「双刀将軍《ターヒール》」キシュワードの勇姿は知っていたが、「戦士のなかの戦士」ダリューンについては詳《くわ》しくなかった。名を聞いてはいたが、実見するのは、はじめてであった。そして、最初の経験が最後になった不運なミスル兵の数は、算《かぞ》えきれなかった。

ダリューンは愛馬黒影号を駆り立て、またも黒い疾風となって、ミスルの軍列に躍りこんだ。長槍が閃光となって、ミスル兵の胸甲《きょうこう》をつらぬき、肉と骨をくだいた。即死した騎士は宙を蹴って地上へ転落する。黒馬は、疾走のじゃまになる屍体を跳びこえ、騎手の意思にしたがって、最終目標たるテュニプへ向かい、無敵の疾走をつづけた。

Ⅲ

その間、ファランギースはさらに二本の矢で二両の戦車を破壊し、空転する車輪の横を、あくまでも優美に駆けぬけていく。

イスファーンの長剣が、河面《かわも》が反射する陽光を、さらに反射させた。その光のかたまりを鋭く振りぬいて、イスファーンはミスル兵の頭部をはねとばし、盾を断《た》ち割って腕を撃ちくだいた。左から突きこまれた槍を、上半身をひねってかわし、槍身を脇にはさみこむと、狼狽《ろうばい》する敵の頸部に刃をたたきこむ。血をまきちらして地上に転落する間に、べつのミスル兵と撃ちあうこと二、三合、たちまち馬上から斬って落とした。

狼の土星《カイヴァーン》も、主人に負けじとばかり奮戦した。土星《カイヴァーン》の頸《くび》には、アルスラーンが手ずからつけてやった金縁つきの首輪がはめられている。その首輪を誇らしげにかがやかせながら、土星《カイヴァーン》は、ミスル兵の脚や咽喉《のど》を嚙《か》み裂き、ミスル軍馬の脚に牙を立て、おそいかかる刀や槍をかわして血煙のなかを駆けめぐった。

ジャスワントの半月刀は、敵の耳と手首を一閃で斬って落とすという離れ業《わざ》を見せた。ジャスワントのターバンは紅く染まり、半月刀は敵の頭部と盾を同時に撃砕《げきさい》し、何十頭もの馬から主人を奪い去った。

ミスル軍の作戦が結局、失敗したのは、作戦の第一段階が、中途半端に成功したからであった。進撃してくるパルス軍を罠《わな》に誘いこみ、敵が深入りしたところを、一挙に逆撃する。

うまくいったように思えた。反転したパルス軍を追って、だが深入りしすぎたのはミスル軍のほうであった。乱戦となったのは、ミスル軍の兵力が多かったからで、同数ならミスル軍は短時間で潰走《かいそう》していたはずである。

それでも、ミスル軍中のパルス人部隊の計画は、成功の寸前まではいったのだ。ふたりの若者が馬を立て、周囲が空白となった一瞬の間隙《かんげき》に、パルス人部隊は突貫した。

「僭王アルスラーン！　首はもらったぞ！」

左からセビュックが槍を突き出し、右からフラマンタスが大刀を振りかざす。

「陛下ッ！」

エラムが叫んだ瞬間、刀身と槍身が宙で激突していた。アルスラーンは馬上で大きく身をのけぞらせて、敵の猛撃を回避したのだ。セビュックとフラマンタスは、アルスラーンが前方へ身を伏せると思った。してやられた、とあせって、第二撃を放とうとしたときには、すでにおそかった。

セビュックの頭部が、駆けもどってきたダリューンの長剣の平《ひら》に載《の》って宙を飛び去る。

同時にフラマンタスは前後からアルスラーンとエラムの剣につらぬかれ、胸と背中から剣尖《けんせん》が飛び出した。

首のある死体と、首のない死体とが、同時に砂上に落ち、主人をうしなった二頭の馬は、狂乱したように走り去る。

「陛下、ご無事で」

「ああ、いったろう、ダリューン、エラムがいてくれるって」

アルスラーンがエラムの肩をたたく。エラムは深く一礼し、主将をうしなって狼狽する旧パルス兵たちに投降を呼びかけた。

もともとミスル兵には、生命をすててパルス軍と戦う理由も意味もない。ホサイン三世が生存しておれば、

「歴代の王さまの命令だからな。しかたがない」

ということにもなろうが、ホサイン三世は「急逝《きゅうせい》」し、その後継となった幼王は母親とともに殺され、国権をにぎったパルス人の将軍はいつのまにか姿を消し、南方国境を守っていた都督《キャランタル》の息子が王位に即《つ》いた。変転のすさまじさにあきれはて、

「日がわり国王」

「朝は玉座、夜は棺桶」

などと、ミスルの民衆は蔭口《かげぐち》をたたいているありさまだ。

ミスル兵は後退に後退をかさねた。まだ全面潰走《かいそう》にいたらないのは、国王テュニプが声をからして督戦《とくせん》しているからであった。すくなくとも、南方のナバタイと戦ってきた兵士たちは、テュニプの指揮と統率力を信じており、みぐるしく逃げ出そうとはしない。それが彼らの悲劇をさらに大きくすることになった。


ダリューンの槍が死の群舞をつくりだした。ミスル兵のひとりを突き刺すと、そのまま鞍上《あんじょう》から持ちあげて、宙に放り出す。反対側から突き出される槍を、かるくはらいのけ、重い刺突《しとつ》を電光のごとく撃ちこんで、また一頭、ミスルの馬に自由をもたらした。数本の矢が飛来したが、すべてかわし、払いのける。

「ろくな弓箭兵《きゅうせんへい》がおらんな。おれの身体にあててみせる者はおらんのか⁉」

泰然としてダリューンは呼びかけたが、彼を満足させることのできる弓術家は、この場にはいなかった。

ミスル人が尚武《しょうぶ》の民でないことは、彼らの罪ではないが、矢すら敵将にあてることができないとなると、何とも不名誉な光景が展開されることになった。パルス軍のなかでも、ひときわ目立つ艶麗《えんれい》な女性戦士が、ただひとりで、ミスル兵百名にも匹敵す

るほど、弓矢の功をあげているのだ。

ファランギースは、自身がパルスにおいて三本の指にはいる弓の名手であることを実証した。彼女が射放した矢は、死の光芒となってミスルの一将軍の左頬に突き立ち、口腔《こうくう》内をつらぬいて右頬から鏃《やじり》を飛び出させたのである。

その兵がラクダから転落する間に、反対方向からべつのラクダがせまっていた。乗っていた兵士がラクダの背に立ちあがる。身軽さが自慢なのであろう。ミスル語で何か怒号すると、ラクダの背を蹴って宙に舞った。手にした半月刀が死の光を放つ。

ラクダの背は、馬の背より半ガズほども高い。馬に飛びうつるのは、むずかしくないはずだった。だが、左手に弓を、右手に矢をにぎったファランギースが、上半身をひるがえして右手を突き出すと、矢はミスル兵の無防備の咽喉に、深く鋭く突き刺さった。断末魔の悲鳴をあげて、ミスル兵は、高い位置から墜《お》ちていく。

華麗さではファランギースにおよびようもないが、ジャスワントの半月刀も四方に死の閃光をふりまきつづけていた。半月刀がミスル兵の顎《あご》の下に差しこまれ、はねあげられると、不気味な音とともに、ミスル兵の頭部の前半部が宙に舞った。このおそろしい光景に、ミスル兵たちの後退は速まった。

ついにミスル軍は河畔に追いつめられた。なかには、馬ごと河に跳《と》びこんで、そのまま逃げようとする者もいる。弓弦のひびきが空気を鳴らし、ファランギースの放った矢が背中をつらぬくと、ミスル兵は鞍上から転落して、血と水のまじった飛沫をはでにはねあげた。

「河岸に舟が列《なら》んでいるぞ」

ファランギースが、めざとく指摘する。予想より早く、逃走する味方が舟に飛びこんできたので、あわてた舟兵たちは櫂《かい》を手にとって河岸を離れはじめた。

「自分たちだけ逃げる気か⁉」

河水に足を浸《つ》けながら、おくれた兵士たちが悲鳴と非難をあびせた。

「ちゃんと逃げ仕度《じたく》をしておったか」

ダリューンは皮肉っぽく笑った。

「弓箭兵、用意はよいか。火矢を出せ！」

たちどころに二千名のパルス兵が、四列に弓陣をつくりあげた。鏃《やじり》には油がぬってあり、それに火がつけられる。

「放て！」

五百本の火矢が、ディジレの河風を黄金色《こがねいろ》に引き裂いた。水上に炎の橋がかけられたかのようだ。ついで第二射の五百本が河上を飛ぶ。五百羽の火の鳥《フォニケス》が舞いとぶような美しさは、殺戮の凄惨さを忘れさせるほどだ。

「あの飾りたてた舟をねらえ！」


それはテュニプが乗るための舟であった。船首に河神たるワニの頭部が彫刻され、船体は緑・金・赤の三色に塗りわけられている。逃げるためなら、むしろ地味で目立たないほうがよさそうなものだが、テュニプの旧《ふる》い部下たちにいわせると、孔雀姫《ターヴース》フィトナと遭《あ》って以来、テュニプは人が変わった。やたらと華美を好むようになった、という。もちろんダリューンはその舟に火矢を集中させた。

「無用な殺戮はするな。追撃は河岸までやめて、水中に逃れた者は見逃してやれ」

アルスラーンがあいかわらず寛大な——悪くいえば甘い指示を出す。諸将が顔を見あわせて苦笑したとき、

「陛下、あれをごらんください」

エラムが指さした先には、無意味に装飾したテュニプの舟があった。数千本の矢を集中されてかたむき、浸水のためさらにかたむいて、乗りすぎた兵士

たちが河中へ転落していく。そこへ、食事を求めるワニたちが、波を割って群がっていった。

IV

ひときわ豪華な甲冑をまとった男が、剣を抜いてワニを斬りはらおうとし、体勢をくずして河中に転落するまで、長い時間はかからなかった。

「手段はどうあれ、一時はミスル国王を名乗った身。ワニに食い殺されるよりはまし、と思っていただこう」

ファランギースが弓に、慈悲の一矢をつがえた。これまでの堅実な事蹟《じせき》をすてさったテュニプは、虚飾の甲冑をぬぐこともできず、水中でもがくばかり。そこへ矢が音高く飛来した。

テュニプの顔が、あおむけになり、開いたままの口から、矢が墓標のように天へ向けてそそりたつ。

音楽性の欠片《かけら》もない水音がわきおこり、一頭のワニがテュニプの咽喉に、もう一頭が腰に、それぞれ喰《くら》いついた。

人血と河水がおりなす、死の饗宴《きょうえん》。

ディジレ河の河中と西岸から、恐怖の叫びがあがった。即位と同時にパルス遠征を敢行した、覇王テュニプは、空中で三つに食いちぎられ、飛沫のなかへ落下した。不運なミスル兵の幾人かは、その一瞬に見てしまった。両眼と口を大きく開いたテュニプの最期の顔を。以後、何年にもわたって、彼らはその光景を夢に見ることになる。

「国王が亡くなった！」

「戦《いくさ》は負けだ！」

「助けてくれ、引きあげてくれ！」

叫喚《きょうかん》が空と水に反射する。西岸に取りのこされたミスル軍の指揮官たちは、狼狽して河をながめた。必死で泳ぐミスル兵たちに、ワニがおそいかかる。

十人乗りの小舟に二十人の兵が群がり、小舟が転覆する。たまりかねた将軍のひとりが、「王妃」フィトナに問いかけた。

「兵士どもを救いますか、王妃さま」

「必要ない」

花と宝玉に飾られた馬車のなかから、冷然たる返答が放たれた。

「河を泳ぎ渡ることもできぬ弱兵など、ミスルには要《い》らぬ。はいあがってきた者だけ助けよ」

「は、はっ」

車内の女性にしたがうべき理由を、まだよくのみこめないまま、将軍が馬を返すと、フィトナは車の傍に侍立する男に声をかけた。

「ラヴァンや、例の書類はできているかえ?」

「はは、すでに完成しております」

「お見せ」

ラヴァンは善意にあふれた表情で、一巻の巻物を車内へ差しいれた。白い繊手《せんしゅ》が受けとって、金箔《きんぱく》をはった羊皮紙をひろげる。ミスル文字とパルス文字で、おなじ内容が記されているのを確認して、フィトナは笑った。

「よろしい、これでまず、わたしはミスルの女王となった」

「さよう、おめでたいかぎりで」

「前王陛下のご葬礼を盛大にすませた後、パルスの王女たる身分を明かし、あらためて彼《か》の国を攻めるのじゃ。年があけてからになろうな」

「それでは今日のところは……」

「退くとしよう。パルス人ども、年内は小さな勝利に浮かれているがよい」


パルスとの国境、冬の山岳地帯を、マルヤムから南下する軍隊がある。

国王ギスカールの親率する新マルヤム王国軍であった。騎兵一万、歩兵四万、偶然にもミスル軍とほぼ同じ兵力である。先鋒はヒルメスであった。

五年前、ギスカールは兄王イノケンティス七世を奉《ほう》じてパルスへ侵攻した。そのときの兵力は歩騎あわせて四十万近く。おなじ道を進んでいるが、当時は秋、爽涼の候であった。今回は冬十二月、雪と氷霧が人馬の足をおくらせる。また、うかつに大声をあげれば、雪崩《なだれ》がおそろしい。

「ま、こんな時季に山越えをしてくるとは、パルスも思うまい。それだけが救いだな」

新マルヤムの上級騎士オラベリアは、半分やけでそう考えた。武勲をあげれば、爵位をあたえられ、貴族に列せられることになろう。そう自分に言いきかせながらも、自分が信じられない。

「だいたい、無名の師《いくさ》にも、ほどがある」

かつてルシタニアの騎士、現在では新マルヤム王国の上級騎士であるオラベリアは、内心で不平と不満と懸念の三重唱を奏《かな》でた。口からは、たてつづけに、くしゃみが飛び出す。

「いまパルスに攻めこむ理由などない。往古《むかし》の怨みを想い出させるだけだ。無益なことよ」

オラベリアは良心や道義心から、そう思っているわけではない。五年前のパルス侵攻も無名の師であったが、そのときオラベリアは反対しなかった。だが、当時は騎兵歩兵あわせて四十万弱という大軍があり、モンフェラートやボードワンのような歴戦の将軍たちもいた。それでも結局、一年ていどの占領で、追い出されてしまったのだ。

今回は兵数からして、五万ていどしかいない。しかも、旧ルシタニア兵と旧マルヤム兵との混成である。旧マルヤム兵は、もともとパルスに対してほとんど敵意を持っていないのだ。まさか裏切りまではしないまでも、劣勢になれば逃げ出すであろうこと、闇夜の灯火も同然であった。そもそも、オラベリア自身、敗戦となれば体裁《ていさい》をつくろって、さっさと撤退するつもりである。

「しかし、ギスカール陛下も、なぜまた銀仮面などの言いなりに？　先回のパルス遠征で決裂したものと思っていたが……」

「オラベリア卿」

呼びかけられて振り向くと、甲冑の上から黒貂《くろてん》とカシミア山羊《やぎ》の毛皮をかさね着した貴人が白い息を吐いていた。

「これは、コリエンテ公爵閣下。ご昇格おめでとう存じます」

「いや、おもはゆい。何の功績も立てておらぬ身で、陛下のご恩のありがたきことよ」

謙遜してみせたが、うれしさは隠せない。

「それで、いかなるご用で？」

「いや、おぬしなら存じておるかと思うてな。ほれ、あの気味の悪い銀仮面のことよ。いったい、どこの何者なのじゃ？」

「それが、じつは私めも、とんと存じませんで」

そのとき、前方から雪道を蹴って、先行偵察の騎兵がもどってきた。

「ご報告申しあげます！」

その声には、ただならぬひびきがあって、ヒルメスの注意をひいた。

「何だ、申してみよ」

「山を、山をふたつ越えてザーブル城の彼方で、軍隊どうしが戦っております」

「どこの軍隊か？」

かじかんだ声が答えた。

「軍装から見て、パルス軍とミスル軍かと存じます」

ヒルメスの脳裏に閃光が走った。

「どちらが有利か」

「見たところ、パルス軍が圧倒的かと」

ヒルメスは仮面の奥の両眼を光らせ、馬上でかるくのけぞって笑った。笑いながら、懐《ふところ》に手を押しこみ、革袋をつかみ出すと、偵察兵に放り投げた。

「金貨百枚は、はいっておろう。お前のものだ。遠慮せずに受けとれ」

偵察兵の顔は寒気で蒼白になっていたが、喜びに紅潮した。これで十年間は、妻子とともに、ゆとりのある生活ができる。

「では急ぐぞ」

オラベリアが勇気をふるいおこした。

「お、お待ちくだされ、銀仮面卿」

「何だ、うるさい」

「我らの使命は、あくまでも威力偵察でござる。こちらから攻撃をかけるのは、ギスカール陛下の本隊が到着してからのこと。まずは陛下のご意思をうかがうべきでしょう」

ヒルメスの両眼が、冷たく、侮蔑の光を放った。

「迂遠《うえん》な！　そんな悠長なまねをしておれば、攻撃をしかけるのは、明日どころか明後日になりかねぬわ。その間に、パルス軍はミスル軍を敗走させ、陣形を再編するだろう。各個撃破の対象にされるだけだ」

オラベリアはひるんだが、もう一度、心の奥から勇気を引きずり出した。

「独断専行、しかも敵の勢力がよくわかっているわけではない。おぬしのひきいる兵は、あくまでも陛下の兵でござるぞ」

理においてはオラベリアが正しかったが、ヒルメスは傲然《ごうぜん》と彼を無視して、指を鳴らした。ブルハーンが大声を発し、ヒルメスの部隊はオラベリアを置き去りにして動き出す。

オラベリアはさらに制止しようとして、思いとどまった。これ以上、銀仮面卿の行動をさまたげれば斬られる。そう直感したのである。

「承知いたした。お好きなようになされ」

感情をころして一礼する。頭をあげたときには、すでにヒルメスは馬腹を蹴って、雪のちらつく道を駆け去っていくところだった。その馬術のたくみさには感心せざるをえない。

オラベリアにとって、新マルヤム軍の勝利はたいせつなものだが、ヒルメスにとっては、そうではなかった。たとえ新マルヤム軍が潰滅したところで、痛痒《つうよう》など感じぬ。彼の目的さえ達することができれば、マルヤム兵の死体の数など、知ったことではない。

戦理も他者の迷惑もかえりみず、ヒルメスは、ただけだけしい激情と欲望のままに疾走していく。そして、その利己的で非常識な行動が、いくつかの運命を変えるのである。

V

ヒルメスもブルハーンも、冬の山岳を騎行するのに苦労はない。麾下《きか》の兵も何とか脱落せずについて来ている。

ギスカールのひきいる本隊に、二ファルサングほども先行してしまった。あらかじめパルス軍が伏兵を置いていれば、この付近で突出して、ヒルメスとギスカールとを分断するところだが、マルヤム軍のほうでも、パルス軍との戦いはまだ十日は将来《さき》のことだ、と思っている。いわば、これはヒルメスの私戦なのである。

かつてボダン一党と戦って占拠したこともあり、ヒルメスはザーブル城の内外にくわしい。秘密の通路も知っている。

「パルス軍の兵力は？」

「兵数は三百ていどかと」

「策もいらんな。鏖殺《おうさつ》しろ」

いいながら、ヒルメス自身も高処《たかみ》の岩蔭から城内をのぞいた。仮面の奥の両眼が、灼熱の炎を噴きあげた。

「へぼ画家……」

ヒルメスの声がふるえた。異様な歓喜と殺意が、彼の全身を内側から燃えたたせる。何と巨大な獲物を見つけたことか。

「ナルサス！　へぼ画家！　今日こそ殺してやるぞ！」

仮にナルサスがいなかったら、とうにヒルメスは、アルスラーンを殺し、パルスの王冠を頭上にいただき、イリーナを王妃にしてやれていたはずであった。とにかく、何もかもナルサスのせいであり、のほほんと宮廷画家などにおさまっているパルスの若い智将こそが諸悪の根源なのである。


城内では、アルフリードがたくみに馬を乗りまわしながら、四方に鋭く視線をくばっていた。もしファランギースであったら、殺到してくる悪意を、この時点で察知したかもしれない。結果だけをあげつらえば、パルス軍は人選をあやまったのである。

ザーブル城には、本来、一万ていどの兵をおいておきたいところであった。だが、国軍の総兵力がたりず、近いうちにマルヤムが攻めてくるとも思えない。パルス軍は、マルヤム軍が攻めてきたときには、ザーブル城を放棄し、敵を山間から平原へ引きずり出してその先頭を徹底的にたたく、という軍略を立てていたのである。

葡萄棚《ぶどうだな》の下で何か書いているナルサスに、アルフリードは問いかけた。

「ナルサス、何やってるの」

「ちょっと書きとめておきたいことがあってな」

「ふうん、だいじなことなんだろうね」

それ以上は問わない。「夫」のたいせつな仕事をさまたげるのは、ゾット族の女性として恥ずべきことである。

「はりきってるな、アルフリード」

「当然だよ。ゾット族の族長として、最後の任務だからね」

自分でいっておきながら、自分で紅くなるアルフリードであった。王都へもどったら、正式に式をあげる。ファランギースが女神官《カーヒーナ》の資格で、式をとりしきってくれるだろう。明るく邪気のない夢を心に描いたとき、ある音が彼女の耳に触れた。

涼しく澄んだ音色だった。アルフリードの右の腰から生《しょう》じている。ファランギースが出陣前にくれた銀の鈴が鳴りはじめたのだった。

アルフリードは一瞬にして戦士の瞳になった。自分の幸福を頭からはらいのける。だからこそその「十六翼将」である。

「敵が来る！　烽火《のろし》をあげろ！」

ゾット族のひとりが、おどろきの目を向けた。

「しかし、まだ敵の姿は見えませんぞ」

「すぐに見える。近くにせまってるんだ！　早く火をおつけ！」

否やはない。積まれた草木に向かって、数本の火矢が放たれた。たちまち炎上が始まる。

「ナルサス、ナルサス！」

炎と煙を背景に、ふたたびアルフリードが馬を寄せると、さすがにナルサスも筆記の手をとめた。

「なるほど、ファランギースどのの心づかいか」

うなずいて、ナルサスは告げた。

「アルフリード、逃げろ」

「何いってるの！」

アルスラーンの本陣では、美しい女神官が屹《きつ》として空を見あげたところだった。

「陛下！」

「何だい、ファランギース？」

「あの煙をごらんください」

しなやかな白い指が、ナルサスたちを残してきた方角をさししめす。アルスラーンもまた、瞬時に事態をさとった。

「ナルサスに何かあった！」

エラムが蒼《あお》ざめた。アルスラーンは黒衣の大将軍《エーラーン》に声をかけた。

「ダリューン、騎兵をつれて、すぐいってくれ！　ナルサスがあぶない！」

「はっ、ただちに」

黒衣の騎士も、顔色を変えている。先刻までの奮戦の疲れも見せず、愛馬「黒影号《シャブラング》」にとびのった。たちまち黒い疾風がおこるのを見送って、アルスラーンが侍衛長《ケシュタク》に質《ただ》す。

「エラムもいくか？」

「いえ、ここで陛下のお傍《そば》を離れては、かえってナルサス卿に叱られます」

「そうか、ファランギースは？」

「わたしも残らせていただきます」

可能性は低いが、あの烽火が何かの囮《おとり》で、アルスラーンの周囲が手薄になったところを、おそわれるかもしれない。今日のミスル軍にそれだけの軍略や余力があるとは思えないが、ファランギースとしては、うかつに国王《シャーオ》の傍を離れるわけにはいかなかった。

「では、イスファーン、ジャスワント、大将軍についていってくれ。騎兵だけで急行するんだ。歩兵は私がひきいていく」

「御意！」

「うけたまわりました」

「狼に育てられし者《ファルハーディン》」と「シンドゥラの黒豹」は、手をあげて、それぞれ五百騎ほどをひきつれると、パルス随一の名馬を追って走り出した。

このとき、ナルサスは書きかけの巻物を懐中にしまいこみ、愛馬にとびのって、剣の柄《つか》に手をかけていた。忽然《こつぜん》として、ザーブル城の中庭は混戦の巷《ちまた》と化している。

「ナルサス、そこを動くな！」

殺気が声となってナルサスを打つ。呼びかけられる前に、ナルサスは、躍り出た敵の正体を察知していた。傑出した知勇をそなえながら、憎悪する対手《あいて》を持たないかぎり生きられない、あわれな男だ。その憎悪は、いま、猛毒の瘴気《しょうき》となって、ナルサスをつつみこもうとしている。

「これはめずらしい、銀仮面の君か」

あえて五年前の毒舌を、ナルサスは放った。

ナルサスがはじめてアルフリードと出会ったとき、銀仮面をかぶった男の正体は知らなかった。もちろん、いまでは知っている。ヒルメスは時をさかのぼり、五年前にもどろうというのか。

ヒルメスは右手を仮面にかけたが、はずすのをやめて手をおろした。あのとき、かるくあしらわれたいまいましさが、色彩つきでよみがえってくる。

「すこしは技倆《うで》をあげたか、へぼ画家」

「まあ努力はおこたりませんでしたので……何なら無料で肖像画を描いてさしあげてもよろしゅうござるが」

「寝言《ねごと》は寝ていえ。たとえ金貨千枚、そちらがつけてきても、きさまに肖像画など描かれてたまるか。末代までの恥になるわ」

「そちらは芸術を理解するための努力を、なさらなかったようですな」

くだらない問答のようだが、ナルサスにとっては、味方が駆けつけるまで時間をかせぐ、という切実《せつじつ》な目的がある。

「まさか、この期《ご》に、この場所で、この人に出くわすとは、想像もしなかったな」

悔いをこめて、ナルサスはそう思ったが、ヒルメスにとっても、この日このような場所でナルサスと遭遇するなど、予想外であった。

誰の予想も、予定も、すべて外《はず》れたのだ。

「あの黒旗は、きさまのものか」

「ゾット族の誉《ほま》れの旗だ」

「盗賊ふぜいが、目ざわりな。ブルハーン！」

名を呼ばれると同時に、ブルハーンは弓を引きしぼって射放した。黒旗をかかげていたゾット兵が肩口を射ぬかれ、旗を手放して落馬していく。

だが、ゾットの黒旗は、地に墜《お》ちることはなかった。

寸前、白い手が旗の柄をつかみ、地上すれすれの高さですくいあげた。「ゾットの黒旗」は、ふたたび風にひるがえった。馬を駆け寄せ、離れ業を演じたのはアルフリードであった。

「ゾットの黒旗は倒れることなし！」

朗々と叫ぶと、アルフリードは、旗を持ちなおし、全身の力をこめて地に突き刺した。黒旗はふたたび冬風にひるがえった。

「旗のまわりに集まれ！　援軍が来るまで、もちこたえるんだ！」

かろやかに馬を乗りまわしながら、アルフリードが命じる。その姿をちらりと見て、ヒルメスは、誰かと思ったが、すぐに思い出した。五年前のあの日、父親をヒルメスに斬り殺されたゾット族の小娘だ。当時より成長しているのは、あたりまえだが、潑剌《はつらつ》たる雰囲気はそのままに、美しささえ増している。

「ふん、なるようになったわけか」

せせら笑ったヒルメスの耳に、刃鳴りと絶叫がかさなってとどいた。アルフリードを女とあなどって斬りかかったマルヤム兵二騎が、返り討ちにされたのだ。彼女の手にした剣が染血《せんけつ》のかがやきを放っている。

ヒルメスは、認めざるをえなかった。「盗賊の小娘」は剣技において飛躍的な進歩をとげている。もちろん感心したのではなく、「小癪《こしゃく》な」と、いらだちを募《つの》らせることになった。

「その女は、お前たちがかたづけろ！　おれはこのへぼ画家を始末する」

ブルハーンたちに命じて、ヒルメスは、ナルサスひとりに向きなおった。ナルサスは、アルフリードに向かって、

「逃げろってば！」

とどなったところだったが、接近してくるヒルメスから吹きつけてくる殺気が、狂風となってナルサスの顔面をたたくと、全身で対抗せざるをえなくなった。それにしても、いまさらながら、ヒルメスがふたたび銀仮面をつけて彼の前にあらわれるとは。

「きさまが権略《けんりゃく》のみならず、剣技においても傑出していることは、知っておった」

ヒルメスは、ほめてやった。

「だが、強くともダリューンめにはおよばぬ。つまり、おれにもおよばぬ」

銀仮面が、いまわしい光沢を放つ。

「きさまの最期だ！　へぼ画家！」

ヒルメスは剣をかざし、マントをひるがえして馬腹を蹴った。

獅子《シール》のごとき突進をはばもうとするパルス兵を、左に斬りすて、右に突き殺す。血の匂いがたちこめ、風に散った。

ナルサスも長剣を抜き放つ。

「逃げろ、アルフリード！」

その声めがけてヒルメスの刃が風を裂いた。

VI

ヒルメスの斬撃《ざんげき》を引っぱずしざま、ナルサスは手

首をひるがえした。間半髪で、ヒルメスは右手首を斬り落とされるのをまぬがれた。

双方、鞍と鞍がぶつかりあい、視線が音をたてる勢いで衝突する。ナルサスはヒルメスに勝てるとは思わない。自分は死ぬ。だが、何とかしてヒルメスを道づれにしてやる。

この間、ブルハーンのひきいる千余騎は、パルスの三百人に暴風のごとくおそいかかっている。これに対し、円陣を組んだパルス兵は、楕円形《だえんけい》の盾でふせぎつつ、盾の間から剣や槍を突き出して必死で反撃した。ヒルメスらが考えたより、はるかに執拗《しつよう》に。

馬を射倒されて徒歩になったアルフリードは、みずから弓をとって、弦のひびきごとに一騎を射落とした。ブルハーンも弓をとって、盾の間へ必殺の矢を射こむ。ファランギースやギーヴにはおよばないが、トゥラーン人の武将として恥じない技倆《うでまえ》ではあった。

兵力の差によって、パルスの円陣がついに破れた。血と叫びがいりみだれ、乱戦となった。腕が飛び、血が降りそそぐ。

「ナルサス、逃げて！」

叫びながら、アルフリードは剣をひらめかせ、ひとつづきの斬撃で、ふたりの新マルヤム兵を撃ち倒した。ひとりは顎《あご》の下を斬り裂かれ、ひとりは耳から頬へかけて血煙をあげる。

アルフリードは敵兵より相対的に小さい身体を生かし、敵刃《てきじん》をかいくぐって、腰や太腿に斬りつけ、下から顎や咽喉《のど》を突きあげた。右へ走り、左へ跳び、致命的な血の旋風を巻きおこす。必死の奮戦であった。あるいは、実力以上であったかもしれない。

「逃げて、ナルサス！」

悲痛な叫びは、宮廷画家の耳にとどいたであろうか。

ナルサスとヒルメス、両者の剣の応酬は、六、七十合におよんでいた。刃音が耳をたたき、火花が眼を灼《や》く。ヒルメスがまっこうから斬りおろすと、ナルサスが横に払う。乗馬を一回転させたナルサスが対手の胸元に刃を突きこめば、ヒルメスが上へはねあげる。容易に決着はつかない。

同時に馬腹を蹴って突進したため、ふたりの傑出した騎手が、ともに回避しそこねた。二頭の馬はほとんど正面から激突し、いななきながら横転する。ふたりの騎手はもんどりうって地上へ投げ出された。

それまで戦いの神は、両者に対してまったく公正だった。だが、ここでわずかに不公正が生じた。ヒルメスが砂地で一転して、すぐにはね起きたのに対し、ナルサスは背中にとがった石が激突し、激痛のため、起《た》つのがおくれたのである。

ヒルメスの殺意と憎悪が、剣の形となって、ナルサスの左肩から右脇まで、赤い帯を走らせた。

「死ね、へぼ画家！」

もっと辛辣《しんらつ》な台詞《せりふ》をたたきつけてやるつもりだったが、それ以上の言葉は出てこなかった。ナルサスの身体から、突風のような音をたてて、大量の血が噴き出す。ナルサスは剣を地に立てて身体をささえたが、生命力と知力の流出が限界をこすと、ゆっくり、音もなく血のなかに倒れこんだ。

「首をもらうぞ」

あえぎながらヒルメスが歩みよろうとしたとき、紅い花が飛び出して、ヒルメスの前に立ちはだかった。返り血に染まったアルフリードである。

「どけ、女」

「…………」

「へぼ画家の屍体は八つ裂きにしてくれるが、きさまは殺す価値もない。さっさとそこからどいて逃げ出すがいい」

アルフリードはヒルメスを見すえた。両眼には涙があふれかけていたが、それは悲傷《ひしょう》の涙ではなく、怒りの涙だった。ナルサスを殺した銀仮面への怒りであり、自分よりたいせつなものを守りえなかった自分自身への怒りである。

「ゾット族の女が、夫の遺体を棄《す》てて逃げるとでも思うのか！」

叫ぶや否や、アルフリードは地を蹴っている。ヒルメスに対して放たれた斬撃は、鋭く、烈しかった。刃は右上から左下へ、ヒルメスの左腕に達した。

ヒルメスは、痛みを感じなかった。感じたのは驚愕だった。かつての「盗賊の小娘」の斬撃は、あろうことか、ヒルメスの戦衣の左袖を裂いて、深くはないが、手首から肘《ひじ》にいたる腕に、長い傷をつけたのである。

驚愕は、一瞬にして、激怒に変化した。これだけの傷は、ダリューンにさえつけられたことはない。腕の傷ではなく、矜《ほこ》りの傷である。

「女あッ！」

ヒルメスの理性の枠が吹き飛んだ。ナルサスに対したとき以上の殺意と憎悪が、ほとんど彼を錯乱させ、計算も余裕もなく、力まかせに長剣を振りまわす。

アルフリードは、猛撃をかわしつづけた。自分の力量がヒルメスにおよばぬことは、わかっている。だが、逆上がつづく間、攻勢に隙ができる。そのときこそ、自分の生命をすてて、ヒルメスの胸元に飛びこみ、心臓をつらぬいてやる。

空気が鳴った。たてつづけに二度。

「うッ」

小さな叫びを洩らして、アルフリードはのけぞった。その背中に深々と二本の矢が突き立っている。

一瞬の間をおいて、アルフリードの身体は砂上に横転した。起きあがろうとして血を吐いたのは、内臓を傷つけられたからだ。死がアルフリードの全身にのしかかり、激痛が体内を走りまわる。

「ナ、ナルサス……ナルサス……」

アルフリードは立つことができず、ナルサスに向けて這った。

かろうじて「夫」の胸に手をかけ、最期の声をかける。

「ごめんよ、ナルサス、あいつの腕にしかとどかなかった……ごめんね」

それきり動くことはできなかった。

矢を射たブルハーンを、ヒルメスが叱咤した。

「よけいなまねをするな！」

「銀仮面卿のお手をわずらわせるまでもありませぬ。聞けば、たかが盗賊の娘と申すではございませんか」

「……そうだな、いや、手数をかけた」

ヒルメスはブルハーンの肩をたたいてねぎらい、あらためて男女二名の遺体を見やった。

女は死してなお愛《いと》しい男を護るように、その身体に半ばおおいかぶさり、右手は男の胸にかかっている。

「ご遺恨《いこん》をおはらしになったこと、真《まこと》におめでたく存じあげます」

「うむ……」

「この者の首をマルヤム国王の前に差し出せば、さぞ喜んで、銀仮面卿を絶讃いたしましょう」

ブルハーンのいうとおり、ナルサスの首を見れば、ギスカールは狂喜するにちがいない。可能なかぎり気前よくふるまうだろう。だが、ヒルメス自身の狂喜は、なぜか遠ざかりつつあった。

「ナルサス、無事かあ⁉」

力強い、だが不安の翳《かげ》りをおびた声。ダリューンの声だと気づいたとき、マルヤム兵の首や腕が宙に舞い、血の匂いがヒルメスの顔を打った。

ナルサスの首を斬る余裕もなく、くずれたったマルヤム兵が、恐怖の叫びでヒルメスをつつんだ。黒

衣黒馬の騎士は、左右にヒルメスの知らぬ騎士をしたがえている。

ダリューン、イスファーン、ジャスワントの三騎が、憤怒と憎悪に両眼を燃えたたせ、馬を驀走《ばくそう》させて肉薄してくるのを見ると、さすが剛腹《ごうふく》なヒルメスも危険をさとった。万斛《ばんこく》の怨《うら》みを抱いてきたナルサスを討ちはたしても、自分まで死んだのでは意味がない。彼はまだアルスラーンとダリューンを殺していなかった。

イスファーンとジャスワントについては、具体的に知るところはないが、弱敵でありえないことは、マルヤム兵をなぎたおす姿を見てもわかる。ダリューンとは、余人《よじん》をまじえず、万全の状態で闘うべきであった。ナルサスとの死闘で、気力も体力も減少している。いまダリューンと闘えば、かならず敗れる。

ごく短い間に判断を下すと、ヒルメスは馬首をめぐらした。

「逃げろ！」

部下たちに対してはそう叫んでおいて、ヒルメスは馬を駆った。

「ヒルメス殿下、お待ちあれ、一対一の勝負を約束いたしますぞ！」

ダリューンが叫ぶ。ヒルメスの乗馬は、ギスカールがしぶしぶ贈ったもので、「黒影号《シャブラング》」におよばぬまでもマルヤム屈指《くっし》の名馬だった。

追っても、なかなか距離がちぢまらない。

イスファーンが弓をとり、ヒルメスではなく馬をねらって矢を放った。矢は風を切って馬の左臀《さでん》に命中した。馬は悲鳴を放ったが、倒れはせず、かえって必死に速度をあげて奔馳《ほんち》する。ダリューンの怒号がとどろいた。

「ヒルメス——ッ！」

もはや「殿下」とも「卿」とも呼ばない。燃えたぎる眼をヒルメスの背中に向けたまま、槍をにぎりなおし、投擲《とうてき》のかまえをとる。

全身の力をこめ、ヒルメスの左肩のあたりに狙《ねら》いをつけて、ダリューンは槍を投げつけた。

狙いは正確無比。だが、またしても、わずかな不公正が生じた。突然、横からの風が生じて、ヒルメスのマントを大きくはためかせたのである。

ヒルメスの左肩を撃砕《げきさい》するはずだった槍は、はためくマントに巻きこまれ、つつみこまれかけたが、再度のはためきで外《はず》れ、回転しながら地に落ちた。

委細《いさい》かまわず、ヒルメスは馬を走らせつづけ、城門を駆けぬけた。渡り終えると、ナルサスの血にぬれた剣をふるって、城門の落し扉《ど》をささえる二本の綱を斬って落とす。扉が落下するのを確認したとき、わずかな差でとりのこされた黒衣黒馬の騎手が、乗馬をさおだてて「卑怯！」と叫ぶ姿が見えたような気がした。

「咆《ほ》えるな、ダリューン、きさまとの決着は後日だ」

胸中につぶやいて、ヒルメスはふたたび疾走する。怨みかさなる仇敵《きゅうてき》を、ついに斃《たお》した喜びが、急速に拡大し、ゆるやかにしぼんでいった。あのつらにくい、いくたび殺しても飽きたらないナルサスを、ほんとうに殺してやったのだ。

だが、あの男が消えた後の世界は、なぜか豊かな色彩をうしなって、灰色になってしまったような気がする……否、気の迷いにすぎない。この後、ダリューンを討ちとり、アルスラーンをなぶり殺しにしてやれば、世界は色彩をとりもどすはずだった。

イスファーンとブルハーンは、ともに馬が負傷したので、徒歩で交戦し、すでに三十合をこえていた。イスファーンのほうが攻勢であったが、ブルハーンも必死にふせいで、致命傷を受ける隙をあたえない。主君に置き去りにされても、それを怨もうとせず、闘って主君の逃げる時間をかせごうとする姿は、憎いと同時にみごとでもあった。

「殺すな！　とらえて尋問するんだ！」

ジャスワントの叫びを受けたパルスの若い勇将は、「狼に育てられし者《ファルハーディン》」の異称に恥じぬ動きを見せた。

火花を散らして刃をまじえていたイスファーンは、突然、身を投げ出して地上にころがると、ブルハーンの足首をないだのである。

右踵《みぎかかと》の腱を切断されたブルハーンは、弾《はじ》かれたような姿勢で転倒する。痛みをこらえて起きあがろうとするが、起きあがることができない。ようやく両肘を土について上半身を起こしかけたとき、イスファーンの刃が鼻先に突きつけられた。

「銀仮面の手下だな。どうしてここに来たのか、教えてもらおうか」

「…………」

「すべて吐けば、生命だけは助けてやるぞ」

「ジャスワント卿、それは陛下の御心しだいだ」

「だが、殺さぬと約束せねば、しゃべるまい」

「しゃべらせてくれるわ！」

ナルサスとアルフリードの死を見て、パルスの諸将は、程度の差こそあれ、平常心をうしなっていた。

ブルハーンは踵の激痛をこらえながら、死を覚悟してすわりこんでいる。踵の腱を切られては、歩くどころか立つことすらできない。逃亡は不可能であった。うかつに身動きしただけで、パルスの諸将の刃がきらめくであろう。

ヒルメスはブルハーンも、他の部下も残して逃げ去った。怨む気はない。無事を祈りたかった。だが、同時に、「これでもう二度とあの方と再会することはあるまい」と、暗然《あんぜん》たる心情を禁じえない。

「ダリューン卿、残念ですが、もどりましょう」

ジャスワントが、出せるかぎりの大声で、黒衣の騎士に呼びかけた。

「陛下とナルサス卿を放っておくわけにはまいりませんぞ」

ダリューンは、城門の扉をにらみすえていたが、うめき声をあげて、片手で顔の上半分をおおった。まさかヒルメスがナルサスを攻撃しようとは。予想できるはずもない、だが致命的な失策。

ダリューンは黙然と馬首をめぐらせる。ブルハーンは馬革《ばかく》の紐《ひも》でかたくいましめられ、片足を引きずりながら連行された。マルヤム兵はすべて投降していた。

アルスラーンが到着したとき、ナルサスとアルフリードの遺体は、ダリューンの指示によって、野戦用のカーペットの上に並べられていた。たがいの肩が触れあうように。

ダリューンがその傍に膝《ひざ》をついている。顔色は蒼白のきわみであり、両眼の光はまさに消えそうであった。

Ⅶ

自分の愚かさを悔い、アルスラーンは視野が暗黒になっていた。ナルサスをここに残すなら、せめて五千は兵をつけておくべきだった。もともと、ナルサスを残しておく必要もなかった。二重三重のあやまち。無意識の増長。

「ナルサス！　アルフリード！　ナルサス！」

自分の声が、はるか遠くでうつろなひびきをたてている。アルスラーンは、手が血にぬれるのもかまわず、ナルサスの胸の傷口をなで、アルフリードの髪をさすった。

エラムも側から、ナルサスとアルフリードをのぞきこんだ。死顔のおだやかさと、流れ出た血の色のおぞましさとが、「死」の確証となって、エラムの胸郭《きょうかく》をしめあげた。七、八歳のころから、この変人の貴公子につかえて、実の弟以上に愛《いと》しんでもらった。主人であり、兄であり、師であった。そのすべてを一時にうしない、エラムは人生の道標をもうしなった。

侵攻してきたミスル軍を潰滅させ、ミスル国王と称する人物を討ちはたした。圧倒的な大勝利は、だが、その直後に無に帰《き》した。皮肉なことに、形式として、パルスは宮廷画家をうしなったにすぎない。

「ファランギース、祈りを」

若い国王がかすれた声で依頼すると、美貌の女神官《カーヒーナ》は無言で深く一礼し、静かに弔《ちよう》歌《か》の朗唱をはじめた。

かたむいた太陽が、蜂蜜色の光の雨をそそぎ、それに照らされたファランギースは、生ける女神のごとく荘重なおもむきであったが、左にダリューン、右にエラムをともなって、ナルサスの手をにぎったまま聴いていたアルスラーンは、音楽的な弔《ちよう》辞《じ》の一部に反応した。夫婦の死を歎く一節だったからである。

弔歌がすむと、アルスラーンは、美しい女神官をねぎらった後に問いかけた。

「ファランギース、ふたりは?」

「結ばれております」

「……ああ、そうか、よかった……」

アルスラーンは深く深く溜息をついた。

「よかった、アルフリード、よかったな」

生前はふたりをからかっていた諸将も、粛《しゆく》然《ぜん》としてたたずんだ。

ファランギースが凝視していると、アルスラーンは、アルフリードの腰帯にさげてあった三つの鈴の紐をほどいていた。その紐で、アルスラーンは、ナルサスとアルフリードの手の親指どうしを結びつけた。永久に離れぬように、という彼なりの心づくしである。

ファランギースの瞳が憂色《ゆうしょく》をおびた。

「……あのお優しさが、アルスラーン陛下のご運を暗いものにするかもしれぬ」


ナルサス終焉《しゅうえん》の地を遠く東へ離れたペシャワール城。かつて三ヵ国連合五十万の大軍を迎えうった威容は、半ば破壊されたまま灰に埋もれ、人影は見えず、有翼猿鬼《アフラ・ヴィラーダ》、鳥面人妖《ガブル・ネリーシャ》、四眼犬《シエムル》、食屍鬼《グール》などの異形がうろつきまわり、空腹をみたすため人骨をしゃぶっている。

ただひとつ、かろうじて人が住むことができそうな城塔は、いちおう清掃され、調度らしきものものとのえられていた。ただし、材料は、人骨、人皮、人髪である。

傲然《ごうぜん》と玉座につく人物に、拝跪《はいき》するのは、魔道士グルガーンであった。

「ついにナルサスめを斃《たお》してございます、蛇王さま」

グルガーンの声が、歓喜の黒い炎をゆらめかせた。

「これにて、パルスの、またアルスラーンめの知恵の泉は涸《か》れはてました。あとは、蛇王さまの思いのまま」

「かなり、偶然の要素があるようだの」

お前たちだけの功績ではあるまい。そういわんばかりに、蛇王は薄笑った。

たしかに、ナルサスの死は、ヒルメスの私情と衝動とが、ナルサスの理性と洞察を上まわった結果であったといえよう。グルガーンがヒルメスを煽動した効果ではない。

「は、はい、たしかに運がよろしゅうございました。愚かな失言をお赦《ゆる》しくださいませ」

「まあよい、吉報にはちがいないからの」

アンドラゴラスの容姿をした蛇王ザッハークは、

両肩の蛇をゆらめかせた。

「あのなまいきな宮廷画家めの脳を、こやつらに喰《くら》わせてやりたかったが、思いどおりにならぬこともあるわ」

「ははっ」

「まだアルスラーンめとダリューンめの脳が残っておる。ふたつそろえて皿にのせてやれば、こやつらも満足しよう……うははははは」

「おう、告死天使《アズライール》ではないか」

王都エクバターナの城壁上で、巡視中のキシュワードが声をあげた。近くで、そなえつけの弓を点検していたメルレインも、仕事を中断して歩みよった。空中から降下してきた鷹《シャヒーン》が、たくみにキシュワードの左腕にとまる。その右肢《みぎあし》に、手紙が結びつけてあった。


「よしよし、疲れただろう。おれの腕でゆっくり休め。お前も年齢《とし》をとったからな。それをご承知の上で、お前をお遣《つか》いになるとは、陛下もよほどお急ぎと見える。メルレイン卿、先に読んでみてくれ」

うなずいたメルレインは、告死天使《アズライール》の右肢に結ばれていた手紙を用心してほどき、開いて目をとおした。

「メルレイン卿、何があった？」

声をかけたキシュワードは、愕然《ぎょっ》としたあまり、思わず半歩しりぞくところだった。メルレインの顔は半分、死者のものであった。

「……いや、たいしたことではない。たったひとりの男に、親父と妹と妹婿《いもうとむこ》を殺されただけだ」

その言葉の意味をさとって、キシュワードは声をのんだ。

「銀仮面、銀仮面、銀仮面！　おれがきさまを殺すまで、死ぬのは許さんぞ。待っておれ！」

キシュワードは、アルスラーン自筆の手紙に、くりかえし目を通し、パルスの未来を想って暗然とした。ナルサスをうしない、ヒルメスが再出現し、マルヤム王国が敵にまわった。おそらく蛇王ザッハークも復活をとげたようだ。アトロパテネ大敗後より、パルスはさらにきびしい状況下に置かれた。

パルス暦三二五年、十二月二十日。

これ以後、パルス国王《シャーオ》アルスラーンは、王太子の時代からはじめて、宮廷画家ナルサスなしに戦《いくさ》にのぞむこととなる。

田中芳樹公式サイトＵＲＬ　http://www.wrightstaff.co.jp/

◎お願い◎

この本をお読みになって、どんな感想をもたれたでしょうか。「読後の感想」を左記あてにお送りいただけましたら、ありがたく存じます。

なお、「カッパ・ノベルス」にかぎらず、最近、どんな小説を読まれたでしょうか。また、今後、どんな小説をお読みになりたいでしょうか。読みたい作家の名前もお書きくわえいただけませんか。

どの本にも一字でも誤植がないようにつとめておりますが、もしお気づきの点がありましたら、お教えください。ご職業、ご年齢などもお書き添えくだされば幸せに存じます。当社の規定により本来の目的以外に使用せず、大切に扱わせていただきます。

東京都文京区音羽一―一六―六
郵便番号 一一二―八〇一一
光文社 文芸図書編集部

架空歴史ロマン　書下ろし

アルスラーン戦記⑮　戦旗不倒《せんきふとう》

2016年5月20日　初版1刷発行

著者　田中芳樹《たなかよしき》
発行者　鈴木広和
組版　萩原印刷
印刷所　慶昌堂印刷
製本所　ナショナル製本
発行所　株式会社光文社
東京都文京区音羽1-16-6
電話　編集部　03-5395-8169
書籍販売部　03-5395-8116
業務部　03-5395-8125
URL　光文社 http://www.kobunsha.com/

落丁本・乱丁本は業務部へご連絡くだされば、お取り替えいたします。

ISBN978-4-334-07730-3

Printed in Japan

「カッパ・ノベルス」誕生のことば

カッパ・ブックス Kappa Booksの姉妹シリーズが生まれた。カッパ・ブックスは書下ろしのノン・フィクション（非小説）を主体としたが、カッパ・ノベルス Kappa Novelsは、その名のごとく長編小説を主体として出版される。

もともとノベルとは、ニューとか、ニューズと語源を同じくしている。新しいもの、新奇なもの、はやりもの、つまりは、新しい事実の物語というところから出ている。今日われわれが生活している時代の「詩と真実」を描き出す——そういう長編小説を編集していきたい。これがカッパ・ノベルスの念願である。

したがって、小説のジャンルは、一方に片寄らず、日本的風土の上に生まれた、いろいろの傾向、さまざまな種類を包蔵したものでありたい。かくて、カッパ・ノベルスは、文学を一部の愛好家だけのものから開放して、より広く、より多くの同時代人に愛され、親しまれるものとなるように努力したい。読み終えて、人それぞれに「ああ、おもしろかった」と感じられれば、私どもの喜び、これにすぎるものはない。

昭和三十四年十二月二十五日

KAPPA NOVELS

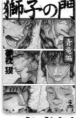

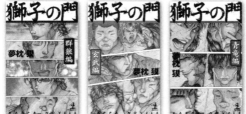

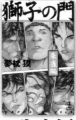

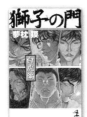

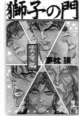

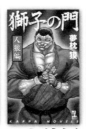

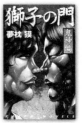

好評既刊

大沢在昌
「新宿鮫」シリーズ

光文社文庫

《全巻電子書籍でも発売中！》

新宿鮫

「新宿鮫」と怖れられる新宿署刑事・鮫島と銃密造の天才の攻防。吉川英治文学新人賞と日本推理作家協会賞受賞の第一作！

毒猿　新宿鮫Ⅱ

台湾からやって来た完璧なる殺し屋が動きはじめた刹那、新宿を戦慄が襲う！鮫島は、人間凶器の暴走を止められるのか？

屍蘭　新宿鮫Ⅲ

高級娼婦の元締めが殺された。事件に迫る鮫島の前に浮かび上がる呪われた犯罪、そして恐るべき罠！

無間人形　新宿鮫Ⅳ

新型覚醒剤が蔓延。密売ルートを執拗に追う鮫島だが、予期せぬ妨害が――。直木賞受賞の感動巨編！

炎蛹　新宿鮫Ⅴ

南米から日本に侵入した〝恐怖の害虫〟の蛹を追う植物防疫官・甲屋と鮫島。羽化まであと数日。危険な罠に挑む男たちの戦い！